BASTEI
LÜBBE
TASCHENBUCH

Weitere Titel der Autorin:

Colours of Love – Entfesselt
Colours of Love – Entblößt
Colours of Love – Verloren
Colours of Love – Verführt

Daringham Hall – Das Erbe
Daringham Hall – Die Entscheidung
Daringham Hall – Die Rückkehr

Wildblumensommer

[Titel auch als Hörbuch erhältlich]

Über die Autorin:

Kathryn Taylor begann schon als Kind zu schreiben – ihre erste Geschichte veröffentlichte sie bereits mit elf. Von da an wusste sie, dass sie irgendwann als Schriftstellerin ihr Geld verdienen wollte. Nach einigen beruflichen Umwegen und einem privaten Happy End ging ihr Traum in Erfüllung: Mittlerweile wurden ihre Romane in 15 Sprachen übersetzt und haben Stammplätze auf den Bestsellerlisten.

KATHRYN TAYLOR

Mission Mistelzweig

ROMAN

BASTEI LÜBBE TASCHENBUCH

BASTEI LÜBBE TASCHENBUCH
Band 17599

MIX
Papier aus verantwortungsvollen Quellen
FSC® C083411

Dieser Titel ist auch als E-Book erschienen

Vollständige Taschenbuchausgabe
der bei Lübbe Hardcover erschienenen Hardcoverausgabe

Lektorat: Bettina Steinhage
Textredaktion: Christiane Geldmacher, Wiesbaden

Titelillustration: © shutterstock/Olga Korneeva (3)
Umschlaggestaltung: FAVORITBUERO, München
Satz: hanseatenSatz-bremen, Bremen
Gesetzt aus der Adobe Jenson Pro
Druck und Verarbeitung: CPI books GmbH, Leck – Germany
ISBN 978-3-404-17599-4

1 3 5 4 2

Sie finden uns im Internet unter www.luebbe.de
Bitte beachten Sie auch: www.lesejury.de

Für Kerstin,
ohne deren Unterstützung ich nicht ausgekommen wäre.
Danke für deine Zeit und den Spaß, den wir hatten!

I

»Der nächste Halt, ist das Barnbarrow?« Die Frage der älteren Dame, die in der Reihe vor ihr im Bus saß, riss Lilly aus ihren Gedanken.

»Was? Ja, genau«, bestätigte sie mit einem Lächeln und sah wieder aus dem Fenster.

Der Dezemberhimmel war nach einem kurzen Schneeschauer wieder klar und gab den Blick frei auf die beeindruckende, teilweise verschneite Bergkulisse der Cumbrian Mountains. Ihr Anblick verzauberte Lilly jedes Mal, genau wie die kleinen Dörfer mit ihren hübschen grauen Steinhäuschen und den schmalen Kopfsteinpflasterstraßen, durch die der Bus fuhr. Lilly war schon sehr viel herumgekommen in ihren inzwischen fast dreißig Jahren, aber der Lake District hatte einen ganz besonderen Platz in ihrem Herzen. Es fühlte sich an wie nach Hause kommen, und erst jetzt, in diesem Augenblick, wurde Lilly klar, wie dringend sie das brauchte nach allem, was in den letzten Wochen passiert war.

»Müssen Sie da auch hin?«, erkundigte sich die ältere Dame, die offenbar ein Gespräch beginnen wollte.

Lilly nickte. »Ich besuche meine Tante«, erklärte sie und lächelte unverbindlich. Sie wollte nicht unhöflich sein, aber ihr war gerade nicht nach Smalltalk. Das schien der Frau allerdings egal zu sein, denn sie plauderte munter weiter.

»Oh, wirklich? Dann kennen Sie doch bestimmt auch das ›Lakeside Inn‹, nicht wahr? Ich mache dort nämlich eine Woche Urlaub, wissen Sie?«

Nein, das wusste Lilly natürlich nicht, aber sie hätte es sich denken können, denn auch wenn die Frau den Fernbus nutzte, wirkte sie sehr elegant und durchaus betucht. Leute wie sie stiegen gerne in dem großen, ziemlich noblen Hotel am Rande von Barnbarrow ab.

»Ja, das kenne ich«, bestätigte sie, etwas verspätet, was gleich die nächste Frage provozierte.

»Und? Ist es schön dort?«

Lilly nickte erneut und wollte ergänzen, dass sie persönlich das »King's Arms« bevorzugte. Aber sie kam nicht dazu, Werbung für Carolines kleine, sehr gemütliche Pension zu machen, weil die Frau schon weiterredete.

»Ach, das hoffe ich«, sagte sie mit einem verträumten Lächeln. »Ich war vor vierzig Jahren schon mal hier in der Gegend, wissen Sie? Mit meinem John, Gott hab ihn selig. Es waren unsere Flitterwochen, und jetzt, wo er nicht mehr da ist, muss ich oft an diese Zeit denken. Deshalb meinte meine Tochter, dass ich noch mal herfahren soll. Sie ist eine so reizende Person, meine Penelope. Sie unterstützt mich in jeder Hinsicht, vor allem, seit ich allein zurechtkommen muss. Ich wüsste wirklich nicht, was ich ohne sie und meine Enkel tun würde. Zwei Jungen sind es, Roderic und Jimmy. Der Große ist acht und der Kleine sechs. Hier, ich habe ein Foto von den beiden, sehen Sie?«

Lilly bemühte sich, weiter zu lächeln, während sie das Hochglanzfoto bewunderte, das die Frau aus ihrem Portemonnaie zog – begleitet von weiteren ausführlichen Beschreibungen der unglaublich entzückenden Kinder. Normalerweise hätte es ihr nichts ausgemacht. Sie war eine gute Zuhörerin, vielleicht weil sie nicht das Bedürfnis hatte, immer im Mittelpunkt zu stehen. Doch nach allem, was Phil ihr an den Kopf geworfen hatte, konnte sie das nicht mehr als Stärke sehen. Vielleicht hielt die Frau sie ja für so langweilig, dass sie nicht glaubte, dass sie auch etwas zu sagen hatte?

Unsinn, schalt Lilly sich sofort. Die Frau kannte sie doch gar nicht. Sie war einfach ein bisschen unsensibel, das war alles – und Lilly eindeutig zu empfindlich. Aber war das ein Wunder, wenn man vor den Trümmern seines bisherigen Lebens stand und wieder ganz von vorne anfangen musste? So etwas konnte einen ganz schön aus der Bahn werfen …

»Und Sie? Wie lange werden Sie bleiben?«, fragte die Frau, die sich inzwischen als Louise Evans vorgestellt hatte.

»Ich weiß noch nicht«, meinte Lilly und seufzte innerlich, als ihr klar wurde, dass der Satz als Motto für ihre derzeitige Situation taugte. Sie wollte das Thema nicht vertiefen, deshalb war sie froh, als hinter der nächsten Kurve ein großer See in Sicht kam, an dessen Ufer ein Dorf lag. »Oh, sehen Sie, da vorne ist Barnbarrow!«

Ein Gefühl der Vertrautheit erfüllte Lilly, als der Bus wenige Minuten später am Marktplatz hielt, der schon in weihnachtlichem Glanz erstrahlte. Ihr Atem bildete kleine weiße Wolken in der klaren Luft, und sie spürte trotz ihres dicken Wollmantels deutlich, dass es hier kälter war als in London.

»Bis dann, meine Liebe! Vielleicht sehen wir uns noch!«, rief die redselige Louise Evans fröhlich und folgte dann den nicht zu übersehenden Schildern in Richtung »Lakeside Inn«. Lilly winkte ihr noch – nett war die Frau ja gewesen –, dann machte sie sich mit ihrem großen Rollkoffer auf den Weg über die lange Hauptstraße. Die Schaufenster der Geschäfte waren alle schon mit Tannenzweigen und Lichtern geschmückt, und zwischen den Laternen hingen die beleuchteten Sterne, die wie in jedem Jahr in der Adventszeit die Straßen erhellten. Das ist doch schon mal ein guter Anfang, dachte Lilly lächelnd, während sie nach links in die schmale Straße bog, die leicht bergauf führte und auf dem großen Hof des »King's Arms« endete.

Sie hatte erwartet, dass auch die Pension schon geschmückt sein würde, weil Caroline damit normalerweise sehr früh dran war. Doch in ihrem derzeitigen Zustand hatte ihre Tante es offenbar noch nicht geschafft, sich darum zu kümmern. Denn in den Kübeln auf der Mauer und vor der Tür stand noch das Heidekraut, das im Herbst die bunten Blumen ersetzte, die den ganzen Sommer über darin blühten, und auch die Lichterketten, die sonst an den Fenstern und Dachrinnen angebracht waren, fehlten noch. Aber das alte, zweistöckige Fachwerkhaus wirkte trotzdem freundlich und einladend, und Lillys Herz schlug ein bisschen schneller, während sie darauf zuging. So dramatisch der Anlass auch sein mochte, der sie hergebracht hatte – der Gedanke, Weihnachten hier zu verbringen, erfüllte sie mit warmer Vorfreude.

Als sie den Hof betrat, stürmten zwei Labrador Retriever – ein heller und ein brauner – auf sie zu und liefen ihr mit fröhlichem Gebell um die Beine.

»Hey, was macht ihr denn hier draußen?«, rief sie und ging in die Hocke, um die Hunde zu begrüßen. Sie kannte die beiden – der helle Rüde hieß Boy und die braune Hündin Girl – und wusste, wie harmlos und lieb sie waren. Aber sie neigten zu stürmischen Begrüßungen, deshalb behielt Caroline sie eigentlich meistens im Haus oder hinten im Garten. »Ihr seid doch nicht heimlich ausgebüxt, oder?«

Lilly erhob sich wieder und wollte zur Haustür gehen, doch dann hielt sie inne, als sie den königsblauen, leicht verbeulten Lieferwagen sah, der neben der Eingangstür geparkt war. Die Heckklappe stand offen, genau wie einer der Kartons auf der Ladefläche, dessen Aufdruck Lillys Interesse weckte.

Neugierig trat sie näher an den Wagen heran, und ein Blick in den Karton bestätigte, was sie sich schon gedacht hatte: Er enthielt Christbaumkugeln!

Lächelnd hob Lilly eine davon aus der Schutzverpackung. Die Kugel war aus Glas und zeigte filigran gezeichnete Weihnachtsmotive. Genau solche Kugeln hingen auch immer bei ihren Eltern am Weihnachtsbaum, und sie stammten, wenn Lilly sich recht erinnerte, vom Nürnberger Christkindlesmarkt. Also hatte Caroline wirklich schon einige Vorbereitungen getroffen. Wie viel schon geplant war, würde Lilly gleich herausfinden, aber sie hoffte inständig, dass noch viel zu tun sein würde. Arbeit war nämlich genau das, was sie jetzt brauchte …

»Hey! Was machen Sie da?« In der tiefen Stimme, die unerwartet hinter ihr erklang, schwang eine scharfe Warnung mit, und Lilly zuckte so heftig zusammen, dass ihr die Kugel aus der Hand rutschte und mit einem hellen Klirren an der Stoßstange des Wagens zerbrach. Erschrocken wollte sie sich zu dem Rufer umdrehen, doch sie stieß gegen Boy, der hinter ihr stand, und geriet ins Stolpern. Hilflos versuchte sie noch, das Gleichgewicht wiederzuerlangen, doch sie schaffte es nicht und fiel mit einem Schrei nach vorn – in weichen rotkarierten Flanellstoff.

2

»Hoppla«, sagte die tiefe Stimme jetzt direkt über ihr, und Lilly begriff, dass sie an jemandem lehnte. Jemandem, der ziemlich gut nach einer Mischung aus herbem Aftershave und Herbstblättern roch. Oh Gott, dachte sie peinlich berührt und versuchte, sich wieder aufzurappeln. Der Mann, der sie aufgefangen hatte, half ihr dabei und lockerte den Griff um ihre Oberarme erst, als sie wieder sicher stand. Instinktiv machte Lilly einen Schritt zurück, und als die Scherben der zerbrochenen Christbaumkugel unter ihren Sohlen knirschten, fiel ihr wieder ein, warum das alles überhaupt passiert war.

»Was fällt Ihnen ein?«, fuhr sie den Mann an, während sie ihn zum ersten Mal näher betrachtete. Er war groß, hatte breite Schultern und dunkle Haare, die ihm bis zum Hemdkragen reichten. Und er sah gut aus, jedenfalls wenn man auf den Typ Holzfäller stand. Denn abgesehen von dem dicken Flanellhemd, von dem Lilly jetzt wusste, wie es sich anfühlte, trug er Jeans, eine hellbraune Cordjacke mit Futter und schwarze Arbeitsboots. Eine abgewetzte hellbraune Cordjacke und dreckige schwarze Arbeitsboots, um genau zu sein. Und einen Dreitagebart – etwas, das Lilly eigentlich ungepflegt fand. Aber zu ihm passte es irgendwie, dachte sie, nur um sich eine Sekunde später darüber zu ärgern. Schließlich spielte es keine Rolle, wie attraktiv der Typ war – wenn er nicht so laut gerufen hätte, dann wäre die Christbaumkugel jetzt noch heil, und sie selbst hätte nicht so einen peinlichen Auftritt hingelegt. »Sie haben mich zu Tode erschreckt!«

»Tut mir leid«, sagte er, ohne besonders zerknirscht zu wirken. »Aber was fällt *Ihnen* ein, einfach in anderer Leute Sachen herumzuschnüffeln?«

»Ich habe nicht geschnüffelt!«, stellte Lilly richtig, auch wenn sie sich für einen kurzen Moment ertappt fühlte. Es musste für ihn wirklich so ausgesehen haben, als würde sie sich unerlaubt an den Kartons zu schaffen machen. Dabei hatte sie jedes Recht, hier zu sein, und auch, sich die Waren anzusehen, die sicher nicht grundlos im Hof standen. »Ich bin Caroline Kings Nichte und werde erwartet«, informierte sie den Mann sehr viel schnippischer, als sie es normalerweise getan hätte, und gab sich alle Mühe, wenigstens ein bisschen würdevoll auszusehen.

»*Sie* sind Lilian Holmes?« Der Mann starrte sie überrascht an und musterte sie noch einmal von Kopf bis Fuß. Offenbar konnte er das, was er über sie gehört hatte, nicht in Einklang bringen mit dem, was er sah, und Lilly beschloss spontan, dass sie ihn hasste. Auch wenn er gut aussah. Nein, gerade *weil* er gut aussah. Ein attraktiver Mann war genau das, was sie im Moment nicht gebrauchen konnte. Ach was, sie würde attraktive Männer überhaupt nie mehr in ihrem Leben gebrauchen können. Schließlich hatte der letzte gerade heilloses Chaos darin angerichtet …

»Klingt, als hätten Sie schon von mir gehört – was ich von Ihnen nicht behaupten kann.« Sie hielt dem Blick des Mannes trotzig stand, aber er grinste nur, was ein hübsches Grübchen auf seiner Wange erscheinen ließ.

»Nein, ich schätze nicht«, sagte er, so als wäre das etwas sehr Positives. Was Lilly merkwürdig fand. Sie überlegte, ob er ihr hier im Dorf vielleicht doch schon mal begegnet war. Irgendetwas an ihm kam ihr vage bekannt vor, aber das musste sie sich einbilden. Diese unverschämt blauen Augen hätte sie ganz sicher nicht vergessen …

»Ich bin Tom Lewis.« Er streckte ihr die Hand entgegen, doch Lilly ignorierte sie, weil dieser Kerl sie wirklich wütend machte. Er musste sich jedenfalls nicht einbilden, dass sie dahinschmolz und ihm alles nachsah, nur weil er verdammt nett lächeln konnte.

»Lilly! Du bist schon da?«, rief jemand, und als Lilly sich umdrehte, sah sie ihre Cousine Emma aus der Haustür der Pension kommen. Emma war unverkennbar Carolines Tochter, denn wie ihre Mutter hatte auch sie auffällig rote Locken und ein einnehmendes, fröhliches Wesen.

»Warum hast du denn nichts gesagt?«, meinte sie streng, nachdem sie Lilly zur Begrüßung umarmt hatte. »Ich hätte dich doch vom Bahnhof in Windermere abholen können!«

»Ich wollte keine Umstände machen«, erwiderte Lilly. »Und außerdem wusste ich gar nicht, dass du schon da bist. Wolltest du nicht erst morgen kommen?«

Emma nickte. »Eigentlich ja. Aber als mein Chef von Mums Situation hörte, hat er mir sofort freigegeben, deshalb konnte ich sogar schon gestern Abend herfahren. Und ich glaube, das ist auch gut so, es gibt nämlich noch jede Menge zu tun!« Ihr Blick fiel auf den Mann, der immer noch neben Lilly stand. »Und ihr beide habt euch auch schon kennengelernt. Das ist gut«, meinte sie und fügte gut gelaunt hinzu: »Wir trinken jetzt Tee, Tom. Kommst du mit rein?«

Der Mann schüttelte den Kopf. »Ich muss den Wagen noch ausräumen.« Er sah Lilly noch einmal an, dann wandte er sich wieder den Kartons zu. Was Lillys Aufmerksamkeit erneut auf ihr Malheur lenkte.

»Die Christbaumkugel …«

»Darum kümmere ich mich schon. Gehen Sie ruhig rein«, erklärte er, und Lilly war nicht sicher, ob er das nett meinte oder sie einfach gerne los sein wollte. Vermutlich eher Letzteres, dachte sie und blickte noch einmal über die Schulter zu ihm zurück.

»Wer ist das?«, erkundigte sie sich, als sie den gemütlichen, holzvertäfelten Empfangsraum der Pension betraten.

»Tom? Er ist hier eigentlich Gast, aber er hilft uns im Moment ziemlich viel aus.« Emma grinste schon wieder. »Gefällt er dir?«

»Nein«, erwiderte Lilly grimmig. »Und ich suche auch nicht nach einem Mann, der mir gefällt.«

Emma wurde wieder ernst und legte den Arm um Lilly. »Hey! Nur weil dir ein Kerl das Herz gebrochen hat, bedeutet das noch lange nicht, dass du nie wieder einen Partner finden wirst. Es muss nur der Richtige sein, und das war Phil eben nicht. Es gibt genug andere, die sich darum reißen werden, dich zu erobern.«

Lilly lächelte ein bisschen, weil sie wusste, dass Emma es gut meinte. Aber sie glaubte nicht daran, jedenfalls nicht mehr. Schlecht sah sie nicht aus, das stimmte. Aber sie war eben auch nichts Besonderes. Hellbraunes, schulterlanges Haar, Augen, die eine undefinierbare Mischung aus Grün und Braun waren, und ein blasser Teint. Keine aufregende Blondine, keine rassige Schwarzhaarige, kein temperamentvoller Rotschopf so wie Emma. Nein, Lilian Holmes war einfach nur normal. Durchschnittlich. Kein Wunder also, dass Phil …

»Lilly! Das ist aber schön, dass du da bist!«, rief Ruth, die in diesem Moment aus der Küche trat, und wischte sich die Hände an ihrer Schürze ab. Caroline hatte die kleine grauhaarige Frau aus dem Dorf ursprünglich als Köchin eingestellt, doch Ruth hatte nach und nach immer mehr Aufgaben übernommen und war inzwischen eine unverzichtbare Hilfe, ohne die Caroline nicht mehr auskam. »Geht ruhig schon durch«, sagte sie und deutete auf die Tür hinter der Rezeption, die in Carolines Privaträume führte. »Ich bringe gleich den Tee.«

Caroline, die in ihrem kleinen, gemütlichen Wohnzimmer auf der Couch lag und in einer Zeitschrift geblättert hatte, blickte auf, als Lilly und Emma den Raum betraten.

»Lilly! Komm her, mein Schatz!« Sie streckte die Arme aus, weil sie sich wegen ihres eingegipsten Beins nicht erheben konnte. Lilly beugte sich zu ihr hinunter und umarmte sie fest. »Hattest du eine gute Reise?«, wollte Caroline wissen, während Lilly und Emma sich in die Sessel auf der anderen Seite des Couchtisches setzten.

Lilly nickte und betrachtete besorgt Carolines Gipsbein und das Pflaster an ihrer Stirn. Ihre Verletzungen waren der Grund, warum Emma und sie gekommen waren, und jetzt, wo sie mit eigenen Augen sah, wie blass ihre Tante war, wurde ihr klar, dass ihre Hilfe wirklich dringend benötigt wurde.

»Wie geht es dir?«

Caroline zuckte mit den Schultern. »Der Arzt sagt, es heilt alles gut. Die Gehirnerschütterung ist komplett abgeklungen, und auch das Bein wird wieder – jedenfalls wenn ich es schone. Ich muss den Gips noch mindestens vier Wochen tragen und darf das Bein in der Zeit nicht belasten, von der Krankengymnastik, die sich dann anschließt, ganz zu schweigen.« Sie seufzte tief. »Und das ausgerechnet jetzt, wo hier so viel zu tun ist!«

»Aber genau deshalb ist der Unfall doch passiert, Mum«, erinnerte Emma sie, und Lilly dachte daran, wie erschrocken sie gewesen war, als Caroline sie angerufen und ihr erzählt hatte, dass sie mit ihrem Auto gegen eine Steinmauer geprallt war. Der Unfall hatte sich schon vor ein paar Tagen ereignet, und sie war zum Glück mit einem Beinbruch und einer Gehirnerschütterung davongekommen. Aber dass ihre Tante überhaupt so unkonzentriert gewesen war, lag sicher daran, dass sie sich in letzter Zeit zu viel zugemutet hatte. Deshalb nickte Lilly, als Emma hinzufügte: »Du hättest uns viel früher Bescheid sagen sollen.«

Caroline schüttelte den Kopf. »Du hast doch deinen Job in Edinburgh, und Lilly arbeitet unten in London. Ich wollte euch damit nicht belasten. Aber ich schaffe es im Moment einfach nicht allein.«

Lilly tauschte einen Blick mit Emma, denn so ein Geständnis war ungewöhnlich für Caroline, die extrem stur sein konnte, wenn es darum ging, Hilfe anzunehmen – vielleicht weil sie so lange ohne ausgekommen war. Sie führte nach dem frühen Tod ihres Mannes schon über zwanzig Jahre lang die Pension allein, und Emma und Lilly hatten lange reden müssen, bis sie wenigstens Ruth eingestellt hatte. Aber so war Caroline – unabhängig und stark und dabei doch immer freundlich und herzlich. Lilly bewunderte sie dafür und erinnerte sich gerne an die vielen glücklichen Zeiten, die sie in ihrer Kindheit hier im Lake District verbracht hatte. Dafür schuldete sie ihrer Tante mehr als nur diesen einen kleinen Gefallen, der noch dazu genau zur rechten Zeit kam.

»Das ist doch selbstverständlich, dass wir dich unterstützen!«, erklärte sie, doch Caroline schien das nicht zu überzeugen, denn sie zuckte nur niedergeschlagen mit den Schultern.

»Ach, ich hätte dieses ganze Projekt gar nicht erst anfangen sollen! Das war eine Schnapsidee, die mir jetzt über den Kopf wächst.«

»War es gar nicht«, beharrte Emma, und Lilly stimmte ihr zu.

»Die Idee ist großartig – wirklich!«

Sie war sofort begeistert gewesen, als Caroline ihr im Sommer von ihrem Plan erzählt hatte, in der Adventszeit zwei Wochen lang einen Weihnachtsmarkt nach deutscher Tradition in Barnbarrow zu organisieren. Die waren in England schon seit einiger Zeit sehr beliebt, und da der kleine Ort vor allem vom Tourismus lebte, fand Caroline, die auch die Vorsitzende der hiesigen Werbegemeinschaft war, dass es eine gute Möglichkeit wäre, neue Gäste anzulocken. Zu Recht, denn Lilly sah vor ihrem inneren Auge schon die hübsch dekorierten Stände mit Weihnachtsschmuck und allen Arten von Lebkuchen und Plätzchen, roch den Duft von Glühwein und hörte die stimmungsvolle Musik, die durch die dann hoffentlich verschneiten Straßen tönen würde. »Das wird auf jeden Fall ein Erfolg!«

»Das dachte ich auch«, meinte Caroline. »Und es lief auch gut bis jetzt. Die Ware aus Deutschland, die ich für unseren Stand bestellt habe, ist schon fast vollständig eingetroffen, und die Parkers vom ›Coach Pub‹ haben zugesagt, den Glühweinstand zu übernehmen. Außerdem konnte ich einige Geschäftsleute aus dem Dorf und zahlreiche Kunsthandwerker aus der Gegend für den Markt gewinnen. Aber noch ist keine einzige Hütte aufgebaut, weil der Standplan noch nicht fertig ist, und Werbung konnte ich auch noch keine machen, obwohl es dringend Zeit wird. Denn wie sollen die Leute kommen, wenn sie nicht wissen, wann und wo der Markt stattfindet? Und das ›King's Arms‹ müsste auch längst geschmückt sein, dazu bin ich überhaupt noch nicht gekommen.« Hilflos hob sie die Arme. »Es gibt noch hundert Sachen zu tun, und mir bleiben nur noch ein paar Tage. Der Markt soll schließlich schon in knapp einer Woche aufmachen.«

»Hast du denn im Ort keine Unterstützung?«, fragte Lilly.

»Doch, schon«, erwiderte Caroline. »Alle sind ganz angetan von der Idee. Aber es gibt niemanden, der sich außer mir für das große Ganze zuständig fühlt. Sie erwarten von mir, dass ich das organisiere, und mir läuft die Zeit weg.«

»Ach, zusammen schaffen wir das schon«, beruhigte Emma sie. »Und was das Marketing angeht – das überlassen wir einfach Lilly. Schließlich arbeitet sie in einer der renommiertesten Werbeagenturen in ganz

London. Wenn das jemand hinkriegt, dann sie, nicht wahr, Lilly?«

Lilly schluckte hart. »Na ja, also, ich …!«

»Das ist lieb von euch«, unterbrach Caroline sie, noch ganz beschäftigt mit ihren Sorgen. »Aber es ist nicht nur die Organisation vorher. Ich müsste auch jemanden haben, der während des Marktes hier ist und den Ablauf und später auch den Abbau beaufsichtigt. Ich wollte das selbst machen, aber jetzt, mit dem Bein …« Sie schüttelte den Kopf.

»Ich kann so lange bleiben, wie es nötig ist«, erklärte Lilly mit fester Stimme.

Erstaunt starrten die anderen beiden sie an.

»Aber … kannst du dir denn so lange Urlaub nehmen?«, fragte Caroline.

»Das brauche ich nicht.« Lillys Herz schlug aufgeregt, weil sie zum ersten Mal jemand anderem gegenüber eingestehen musste, was sie vor wenigen Stunden entschieden hatte. Sie holte tief Luft. »Ich arbeite seit heute nicht mehr für Peterborough & Stockton. Und ich gehe auch nicht mehr zurück nach London.«

3

»Was?« Caroline fand als Erste ihre Stimme wieder, und die Überraschung darin war nicht zu überhören. »Aber warum denn?«

»Hat Phil dich … entlassen?« Emma klang genauso ungläubig und schob wütend die Augenbrauen zusammen. »Dieses Schwein! Reicht es ihm nicht, dass er dir so wehgetan hat? Muss er dir auch noch die berufliche Grundlage entziehen? Oh Mann, ich würde diesen Kerl am liebsten …«

»Er hat mich nicht rausgeworfen, ich bin freiwillig gegangen«, stellte Lilly richtig. »Und bevor du fragst: Ich konnte es dir noch nicht erzählen, weil ich erst heute Morgen meine Kündigung eingereicht habe.« Sie atmete etwas zittrig aus bei der Erinnerung an den Gang ins Büro. Viele ihrer Kollegen hatten sehr betroffen reagiert, aber es fühlte sich immer noch richtig an, dass sie einen Schlussstrich gezogen hatte. Jedenfalls so richtig, wie sich etwas anfühlen konnte, wenn gerade alles, aber auch wirklich alles im Leben falsch lief.

»Und was hat Phil dazu gesagt?«, wollte Emma wissen.

»Gar nichts.« Lilly zuckte mit den Schultern. »Er macht mit Miranda Urlaub in Florida. Die beiden kommen erst nächste Woche wieder zurück.«

Doch genau darauf hatte sie nicht mehr warten wollen. Sie wollte ihrem Exfreund nicht ins Gesicht sagen müssen, dass sie es nicht mehr aushielt, ihn Tag für Tag glücklich vereint mit seiner neuen Liebe zu sehen, die er noch dazu zur Projektleiterin gemacht hatte – eine Stelle, von der Lilly eigentlich geglaubt hatte, dass sie sie bekommen würde. Bis vor drei Monaten hatte sie allerdings vieles noch geglaubt: dass Phil Stockton, der dynamische Juniorchef der Marketingagentur Peterborough & Stockton, sie liebte und heiraten wollte, zum Beispiel. Fünf Jahre lang waren sie ein Paar gewesen, fast genauso lange, wie Lilly für seine Firma gearbeitet hatte. Es hatte damals sofort zwischen ihnen gefunkt, und für Lilly war der zwölf Jahre ältere Phil genau der Mann gewesen, nach dem sie immer gesucht hatte: selbstbewusst, smart, erfolgreich. Jemand, der ihre Vorstellungen vom Leben teilte. Das hatte sie jedenfalls gedacht, und deshalb war sie auch ganz sicher gewesen, dass Phil ihnen nur deshalb an jenem fatalen Freitagabend einen Tisch im noblen Londoner »Sky Garden« reserviert hatte, weil er ihr endlich einen Antrag machen wollte. Doch er war nicht mit einem Ring in der Hand vor ihr auf die Knie gesunken, sondern hatte ihr eröffnet, dass er sich in eine andere Frau verliebt hatte und die Trennung wollte. Und als wäre das alles nicht schon schockierend genug gewesen, hatte es sich bei dieser Frau auch noch um Lillys Kollegin Miranda Bolton gehandelt. Ihre zehn Jahre *ältere* Kollegin, die fast sofort bei Phil eingezogen war, obwohl er Lilly gegenüber ewig lange auf getrennten Wohnungen bestanden hatte. Und die Lilly bis heute Morgen noch als neue Vorgesetzte hatte ertragen müssen.

In der Rückschau begriff sie nicht mehr, wieso sie überhaupt so lange geblieben war. Innerlich war sie wie erstarrt gewesen und hatte sich in das geflüchtet, was sie gut konnte: Sie hatte mechanisch und gründlich alle Details ihrer Trennung organisiert. Sie war aus Phils schickem Apartment in Canary Wharf wieder ausgezogen, in das sie erst ein halbes Jahr zuvor eingezogen war, und hatte sich ein billiges Pensionszimmer genommen, um in Ruhe nach einer neuen Wohnung zu suchen. Und dort hatte sie dann Abend für Abend gesessen und entweder mit Emma telefoniert oder die Wände angestarrt und darauf gehofft, aus diesem Alptraum zu erwachen. Doch er endete nur, wenn sie selbst etwas dagegen unternahm, das war ihr schließlich klar geworden.

»Ich konnte nicht mehr«, gestand sie kleinlaut. »Und als dann dein Anruf kam, Caroline, war es wie ein Wink des Schicksals. Ich habe gepackt, bin ins Büro, um meine Kündigung abzugeben, und habe mich dann in den Zug hierher gesetzt.«

»Ach, Süße!« Emma strich ihr über den Arm, und

Lilly musste gegen die Tränen kämpfen, als sie das Mitgefühl in den Augen ihrer Cousine sah. Sie hatten beide keine Geschwister, deshalb war ihr Verhältnis schon immer sehr eng gewesen. Emma war nicht nur Lillys Cousine, sie war auch ihre beste Freundin. Sie hatte das alles mit ihr durchlitten – und ihr ungefähr eintausend Mal gesagt, dass sie genau das tun sollte, was sie jetzt getan hatte. Das machte es nur nicht leichter, und Emma kannte sie gut genug, um das zu verstehen – dafür brauchten sie keine Worte. »Der Mistkerl hätte es zwar verdient gehabt, dass du ihm zum Abschied noch eine Riesenszene machst, aber ich weiß ja, dass dir so was nicht liegt!« Emma grinste. »Und letztlich ist es auch egal – Hauptsache, du bist da endlich weg.«

Lilly hätte das gerne auch so gesehen. Aber auch wenn sie freiwillig gegangen war, tat es weh, das loszulassen, was fünf Jahre lang ihr Traum gewesen war. Sie hatte nicht nur ihren Job verloren, sondern auch den Ort, der ihr Sicherheit gegeben hatte, den Platz, an den sie geglaubt hatte zu gehören. Da war nur noch ein großes Loch in ihrem Innern und die bittere Erkenntnis, dass sie jetzt wieder ganz neu anfangen musste zu suchen …

»Hey, jetzt guck nicht so traurig.« Emma stupste sie liebevoll in die Seite. »Du findest einen neuen Job. Die Leute werden dich mit deinen Qualifikationen mit Kusshand nehmen, glaub mir. Wahrscheinlich kriegst du sogar etwas viel Besseres als die Stelle bei diesem alten Sack, der sowieso nicht zu dir gepasst hat.«

Lilly musste gegen ihren Willen lächeln. »Phil ist zweiundvierzig, Emma«, erinnerte sie ihre Cousine.

»Ja, und du wirst in ein paar Wochen erst dreißig!«, beharrte Emma. »Was du brauchst, ist jemand in deinem Alter. Jemand, der nicht schon so ein festgelegter, egoistischer Karrieretyp ist wie dieser Phil. Jemand, mit dem du Spaß haben kannst, davon hattest du bis jetzt nämlich definitiv zu wenig. Tom zum Beispiel, der wäre doch was für dich!«

Sie deutete aus dem Fenster auf den Hof hinaus, den der Mann, mit dem Lilly bei ihrer Ankunft so unangenehm aneinandergeraten war, gerade überquerte. Die beiden Hunde folgten ihm wie selbstverständlich und blickten schwanzwedelnd zu ihm auf, und da man seinen Sachen von hier aus ihren eher abgetragenen Zustand nicht ansah, wirkte er mit seinen breiten Schultern und seiner durchtrainierten Figur wie ein Model aus einem Outdoor-Katalog. Als hätte er ihre Blicke bemerkt, drehte er sich plötzlich zum Wohnzimmerfenster um. Er konnte sie sehen, weil sie das Licht eingeschaltet hatten, und winkte ihnen lächelnd, was Lillys Wangen erneut heiß werden ließ. Rasch wandte sie den Kopf ab und starrte in ihre Teetasse, weil der Kerl bloß nicht glauben sollte, dass sie sich für ihn interessierte.

»Wehe!«, warnte sie Emma, die einen unverbesserlichen Hang zum Matchmaking hatte. »Dieser Tom Lewis ist überhaupt nicht mein Typ.« Was sogar stimmte. Sie stand nämlich nicht auf Männer mit Landstreicher-

Charme. Für sie mussten sie etwas Solides ausstrahlen, etwas, auf das sie sich verlassen konnte. Aber offenbar hatte sie kein Händchen dafür, sie zu finden, wenn man bedachte, wie sehr sie sich in Phil getäuscht hatte.

Sie räusperte sich. »Wer ist das überhaupt? Und wie lange ist er schon hier?«, fragte sie Caroline.

»Er kam an dem Tag hier an, als ich den Unfall hatte«, erklärte ihre Tante. »Eigentlich wollte er nur eine Nacht bleiben, aber als er sah, dass wir Probleme hatten, bot er sofort seine Hilfe an. Er hat mich aus dem Krankenhaus abgeholt und auch sonst alle Fahrten übernommen, die nötig waren, weil mein Auto ja immer noch kaputt ist. Heute zum Beispiel hat er die Lieferung Christbaumkugeln abgeholt, die aus Versehen auf dem Postamt in Glenridding gelandet war anstatt bei uns. Außerdem kümmert er sich um die Hunde, geht mit ihnen, weil ich es im Moment nicht kann. Ich wollte ihm etwas dafür bezahlen, aber das hat er rundweg abgelehnt. Deshalb lasse ich ihn umsonst hier wohnen, so lange er will. Irgendwie muss ich mich ja erkenntlich zeigen.«

»Darauf hat er vermutlich spekuliert«, mutmaßte Lilly mit finsterer Miene, doch Caroline lachte nur.

»Jetzt guck nicht so entsetzt. Er ist wirklich in Ordnung. Ich spüre das.«

»Ach ja – so wie damals, als du diesen Landstreicher hier hast wohnen lassen, der dir dann den ganzen Vorratskeller leergeräumt hat?«, wandte Lilly ein, doch ihre Tante winkte ab.

»Er hat nur genommen, was er brauchte. Und er hat sogar einen Zettel dagelassen, dass es ihm leidtut.«

»Trotzdem«, beharrte Lilly. »Du bist einfach zu vertrauensselig – das hat Dad dir auch schon so oft gesagt!«

»Ich weiß.« Caroline lächelte. »Aber mein Bruder ist auch schon viel zu lange auf der internationalen Politbühne unterwegs. Das hat ihn misstrauisch gemacht – und dich und deine Mutter gleich mit. Die Leute sind nicht alle schlecht, Lilly. Und Tom sowieso nicht. Er ist einfach nur sehr hilfsbereit.«

»Du kennst ihn doch gar nicht«, beharrte Lilly und ärgerte sich, dass Emma ihr nicht beipflichtete. Aber ihre Cousine war im Umgang mit Fremden ähnlich offen wie Caroline – vielleicht weil sie im Pensionsbetrieb aufgewachsen war. »Woher kommt er überhaupt?«

Caroline zuckte mit den Schultern. »Aus Yorkshire. Er ist allerdings schon eine Weile unterwegs, sagt er.«

»Dann hat er keinen Job?« Die Vorstellung fand Lilly befremdlich. Sie hatte zwar gerade selbst keinen, aber das war ein Zustand, den sie gerne bald wieder ändern wollte.

»Doch, er ist Musiker!« Emma lehnte sich grinsend in ihrem Sessel zurück. »Er hat mir gestern Abend was auf seiner Gitarre vorgespielt. Der Typ hat was drauf, ehrlich.«

Lilly schnaubte nur. Musiker! »Also hat er keinen richtigen Beruf? Er zieht einfach nur durchs Land?«

Caroline lachte. »Das spielt doch keine Rolle. Er

will noch ein bisschen bleiben und uns bei den Vorbereitungen für den Weihnachtsmarkt helfen. Mehr hat er nicht gesagt, und mehr habe ich ihn nicht gefragt. Man muss die Leute nehmen, wie sie sind, Lilly. Und für uns war er bis jetzt ein echter Segen.«

Lilly erwiderte nichts mehr und ärgerte sich darüber, dass sie sich plötzlich spießig vorkam. Was war schlimm daran, dass sie jemandem, der ein solches Vagabundenleben führte, skeptisch gegenüberstand? Sie würde sich diesen Tom Lewis jedenfalls noch mal genauer ansehen. Und wenn er irgendein dunkles Geheimnis hatte, dann würde sie es herauskriegen. Eine musste schließlich wachsam bleiben.

»So, hier kommt endlich der Tee«, rief Ruth, die in diesem Moment mit einem Tablett in der Hand hereinkam. Es war mit einer Teekanne und einem Teller frisch gebackener Scones beladen, bei deren Anblick Lilly das Wasser im Mund zusammenlief. Ruths Koch- und Backkünste waren legendär, und es gab Gäste, die nur deswegen immer wieder ins »King's Arms« zurückkehrten.

Ruth stellte das Tablett auf dem Couchtisch ab, dann richtete sie sich wieder auf und stemmte die Hände in die Hüften. »Entschuldigt, dass ich erst jetzt komme, aber Mrs Richards aus Zimmer 15 wollte unbedingt ein paar Gurken-Kresse-Sandwiches, und dann musste ich noch für Mr Sellman aus der 19 zwei Hemden bügeln.«

»Du musst dich nicht rechtfertigen«, widersprach

Caroline ihr sofort, und man konnte ihr ansehen, wie unangenehm es ihr war, dass sie Ruth im Moment nichts abnehmen konnte. »Komm, setz dich ein paar Minuten zu uns – du hast dir eine Pause verdient.«

Ruth nickte mit einem Seufzen, und als sie die köstlichen Scones mit Clotted Cream und Ruths herrlicher selbstgekochter Himbeermarmelade aßen, spürte Lilly, wie zum ersten Mal seit Wochen die Anspannung von ihr abfiel.

Es fühlte sich gut an, wieder hier in Carolines kleinem, gemütlichem Wohnzimmer zu sitzen, mit dem sie so viele schöne Erinnerungen verband. Jetzt war nur wichtig, dass sie ihrer Tante half. Darauf würde sie sich in nächster Zeit konzentrieren und nicht mehr auf das, was sie in London zurückgelassen hatte. Und auch nicht auf Straßenmusiker mit viel zu blauen Augen, wenn sie schon mal dabei war, dachte sie mit einem schiefen Lächeln und biss genussvoll in ihr süßes Brötchen.

4

Lilly knipste die Nachttischlampe an, um einen Blick auf den kleinen mechanischen Wecker zu werfen, der danebenstand. Dann ließ sie sich mit einem Stöhnen wieder in die Kissen sinken. Es war erst halb sieben, und sie hätte gut noch ein bisschen schlafen können. Aber sie lag schon seit ein paar Minuten wach und starrte in die Dunkelheit, wahrscheinlich, weil ihre innere Uhr sie geweckt hatte. Bis vor Kurzem war sie noch jeden Morgen um diese Zeit aufgestanden und hatte sich fürs Büro fertig gemacht, und es würde wohl noch eine Weile dauern, bis ihr Körper begriff, dass sich das geändert hatte.

Aber zumindest hatte sie – seit langem mal wieder – ruhig und tief geschlafen, was sicher an dem bequemen Himmelbett mit den herrlich weichen Bezügen und den Kissen lag, die ganz leicht nach Lavendel dufteten. Oder vielleicht daran, dass es hier generell so gemütlich war, überlegte Lilly und ließ den Blick durch das kleine Zimmer schweifen. Der Teppichboden war dick und flauschig, die Möbel aus massivem, hellem Holz, und in allen Stoffen, ob Vorhängen oder Bezügen, fand sich das gleiche hellblaue Farbschema wieder. Auch die anderen Zimmer im »King's Arms« waren so eingerichtet, jedes allerdings in einem anderen Farbton, und Lilly konnte sich nicht entscheiden, welches sie am hübschesten fand. Sie waren alle sehr einladend und strahlten aus, was diese Pension sein sollte: ein Ort zum Wohlfühlen.

Lilly dachte an ihre eigene kleine Wohnung in London, die in einem ganz ähnlichen Stil eingerichtet gewesen war. Sie hatte sie aufgegeben, als sie mit Phil zusammengezogen war, und ihre Sachen eingelagert, weil sie seiner Meinung nach nicht zu seinen klaren, kühlen Designermöbeln passten. Vielleicht hätte er ihr da schon sagen können, dass er nicht nur ihren Einrichtungsgegenständen, sondern auch ihr selbst keinen Platz mehr in seiner Wohnung einräumen wollte.

Du bist so schrecklich unspontan, Lilly. Bei dir muss immer alles bis ins Detail durchgeplant sein. Merkst du denn nicht, dass du damit jede Leidenschaft im Keim erstickst?

Lilly schluckte die Tränen herunter, die ihr bei der Erinnerung an Phils Worte in den Augen brannten. Nein, sie hatte nichts gemerkt. Sie hatte geglaubt, dass sie kurz vor einem neuen Lebensabschnitt stand – als Phil Stocktons Frau. Sie hatte sich tatsächlich schon mit seinen Kindern in einem großen Haus gesehen, irgendwo in einer ruhigen Gegend, in Hampstead zum

Beispiel, in der Nähe des Parks. Sie war sicher gewesen, dass die Zukunft genau das für sie bereithielt. Aber all diese Pläne waren zerplatzt wie Seifenblasen, und jetzt stand sie buchstäblich vor dem Nichts, musste ein paar Wochen vor ihrem dreißigsten Geburtstag ganz von vorne beginnen – ein Gedanke, der ihr Angst machte.

Emma hatte es so einfach klingen lassen mit dem neuen Job, aber im Moment wusste Lilly nicht mal, wo genau sie sich diese neue Aufgabe suchen wollte. Nicht in London, so viel stand fest. Sie wollte möglichst weit weg von Phils Dunstkreis und ihn, wenn irgend möglich, überhaupt nie mehr sehen. Aber zu ihren Eltern konnte sie auch nicht gehen, jedenfalls nicht langfristig. Ihr Vater arbeitete im diplomatischen Dienst und wurde meist alle zwei bis drei Jahre versetzt. Im Moment waren die beiden in Namibia, aber das würde sich bald wieder ändern, dann war es vielleicht mal wieder Europa, aber es konnte genauso gut Südamerika oder Südostasien oder irgendein anderer Ort auf der Welt sein, und wenn Lilly ihnen nicht jedes Mal folgen wollte, dann würde sie sich irgendwo allein etwas aufbauen müssen.

Mit einem tiefen Seufzen schlug sie die Decke zurück und schwang die Beine aus dem Bett. Sie hasste ihre Situation, aber Selbstmitleid hasste sie noch viel mehr, deshalb schüttelte sie die trüben Gedanken ab und schlüpfte schnell in das hübsch renovierte Bad. Zwanzig Minuten später war sie fertig angezogen und ging die Treppe hinunter ins Erdgeschoss. Der dicke

Teppich auf den Stufen dämpfte ihre Schritte, und das war gut so, denn um diese Zeit schliefen die anderen Gäste sicher noch. Nur Ruth war bestimmt längst mit den Vorbereitungen für das Frühstück beschäftigt, und dabei wollte Lilly ihr gerne helfen. Als sie auf die Küche zuging, hörte sie schon Teller klappern, und es duftete nach gebratenem Speck und frischem Toast.

»Guten Morgen«, rief sie mit einem Lächeln, als sie die Tür aufstieß. Doch es erstarb auf ihren Lippen, als sie sah, dass es gar nicht Ruth war, die am Herd stand.

»Guten Morgen«, erwiderte Tom Lewis und wendete das Rührei in der Pfanne. Er trug fast die gleichen Sachen wie gestern, nur dass das Flanellhemd, das er bis zum Ellbogen aufgekrempelt hatte, diesmal blaukariert war. Und er sah wirklich verdammt gut aus. Durchtrainiert, aber kein Muskelprotz, befand Lilly und überlegte, wie alt er wohl sein mochte. Mitte dreißig, schätzte sie. Sein Haar war nicht ganz so dunkel, wie sie auf den ersten Blick geglaubt hatte, oder es lag am Licht der Küchenlampe, die einige Strähnen heller schimmern ließ. Außerdem war er frisch rasiert, was ihn überhaupt nicht mehr wie den fahrenden Musiker wirken ließ, der er offenbar war. Im Gegenteil, mit anderen Klamotten hätte er vermutlich auch in ein Businessmeeting gepasst. Nur seine Augen waren tatsächlich so leuchtend blau, wie Lilly es in Erinnerung hatte, und das Funkeln, das darin lag, machte sie auf eine beunruhigende Weise nervös.

»Was tun Sie da?«, fragte sie, unfreundlicher, als sie

eigentlich wollte, weil sie nicht mit seiner Anwesenheit gerechnet hatte und sich ärgerte, dass er sie so aus der Ruhe brachte.

»Wonach sieht es denn aus?« Er grinste amüsiert, aber Lilly war nicht zum Lachen zumute, dafür schlug ihr Herz viel zu schnell.

»Wo ist Ruth?«

Tom Lewis zuckte mit den Schultern. »Ich hab sie umgebracht und im Garten verscharrt. Danach hatte ich Hunger, also dachte ich, ich mache mir schnell ein paar Eier mit Speck.«

»Sehr witzig!« Lilly setzte sich an den Küchentisch und verschränkte die Arme vor der Brust. »Und wo ist sie wirklich?«

»Sie schläft hoffentlich noch zuhause in ihrem Bett«, erwiderte er, während er seelenruhig weiter seine Eier wendete. »Genau wie die Gäste. Die, die im Moment da sind, erheben sich normalerweise nicht vor acht Uhr, und falls es doch einer tut, mache ich ihm das Frühstück. Das habe ich Ruth angeboten. Ich bin immer früh wach, deshalb macht es mir nichts aus, und ihr tut die zusätzliche Stunde Schlaf gut – sie muss durch Carolines Ausfall schließlich mehr erledigen als sonst, und sie ist nicht mehr die Jüngste.«

»Sie ist einundsechzig und noch topfit«, erklärte Lilly, einfach weil sie ihm unbedingt widersprechen musste, und gab sich alle Mühe, nicht beeindruckt zu sein. Kein Wunder, dass diesen Kerl alle mochten. Sie allerdings würde er so schnell nicht um den kleinen

Finger wickeln, deshalb blieb sie ernst und erwiderte sein Lächeln nicht.

»Möchten Sie auch etwas essen?«, erkundigte er sich, während er einen Teller mit Würstchen und Tomaten aus dem Ofen holte, die er dort warm gehalten hatte.

Lilly schüttelte den Kopf. »Nein, danke.« Sie hatte zwar Hunger, aber sie würde später frühstücken – zusammen mit den anderen. Und sie wollte auch nicht, dass er sie bediente, so als wäre das hier seine Küche, deshalb stand sie auf und nahm sich selbst Tee aus der Kanne, die auf der Arbeitsfläche bereitstand. Dann setzte sie sich wieder und sah Tom Lewis dabei zu, wie er die Eier und den Speck zusammen mit den Würstchen und den Tomaten auf einen Teller füllte, noch zwei Toastscheiben dazulegte und sich zu ihr an den Tisch setzte. Schweigend begann er zu essen, und Lilly überlegte, ob sie wieder gehen sollte. Sie entschied sich zu bleiben, gab sich jedoch Mühe, nicht zu lächeln, wenn ihre Blicke sich trafen.

Irgendwann legte Tom Lewis das Besteck zur Seite und lehnte sich zurück.

»Sind Sie eigentlich immer so unfreundlich? Oder mögen Sie nur mich nicht?«

Seine Offenheit erschreckte Lilly, aber sie fasste sich schnell wieder.

»Ich kenne Sie nicht gut genug, um mir ein Urteil über Sie zu erlauben, Mr Lewis«, erklärte sie so kühl wie möglich. »Ich wundere mich nur.«

Er hob die Brauen. »Worüber?«

»Darüber, was für Gründe Sie haben, meiner Tante zu helfen.«

Der Ausdruck in seinen blauen Augen wechselte, und für einen Moment blitzte etwas darin auf. Doch es war so schnell wieder verschwunden, dass Lilly es nicht deuten konnte.

»Dass sie ein Gipsbein hat und Hilfe gut gebrauchen kann, reicht also nicht?«

Lilly schluckte. Eigentlich hätte das natürlich gereicht. Aber die Möglichkeit, dass er aus reiner Nächstenliebe handelte, wollte sie nicht in Betracht ziehen. Dann hätte sie ihn nämlich nett finden müssen, und das riskierte sie lieber nicht.

»Sie wissen genau, was ich meine«, gab sie zurück. »Normalerweise kommen die Leute her, um sich zu erholen, und nicht, um zu arbeiten. Aber Sie scheint es nicht zu stören, dass Sie keinen richtigen Urlaub machen können, und ich frage mich, warum das so ist.«

Tom Lewis starrte sie an, und Lilly war nicht sicher, ob er überrascht oder beleidigt war. »Vielleicht sitze ich nicht gerne untätig herum«, erwiderte er, doch Lilly schnaubte nur.

»Warum sind Sie dann überhaupt hier?«

Er verschränkte die Arme vor der Brust. »Brauche ich dafür einen Grund?«

»Man braucht für alles einen Grund«, erwiderte Lilly heftiger als beabsichtigt. »Soll ich Ihnen sagen, was ich denke: Sie machen das immer so. Sie buchen sich irgendwo ein, und dann arbeiten Sie für Kost und

Logis – weil Sie gar kein Geld haben, um das Zimmer zu bezahlen.«

Tom Lewis' blaue Augen funkelten herausfordernd. »Wäre das so verwerflich?«

»Nein. Ich verstehe es nur nicht.« Tatsächlich fand Lilly eine so unstete, perspektivlose Existenz sogar beängstigend. »So können Sie doch nicht leben. Sie müssen doch irgendein Ziel haben.«

Seine Miene verschloss sich, wurde hart. »Vielleicht habe ich das ja, und Sie kennen mich nicht gut genug, um sich darüber ein Urteil zu erlauben«, meinte er, schärfer als vorher, und Lilly schwieg betroffen, weil ihr plötzlich bewusst wurde, dass sie viel zu weit gegangen war.

Meine Güte, sie war doch sonst nicht so angriffslustig. Eigentlich ging sie Auseinandersetzungen eher aus dem Weg, weil man ihrer Meinung nach mit einem Lächeln oft viel weiter kam als mit harten Argumenten. »Konfliktscheu« hatte Phil das bei seiner Generalabrechnung genannt, und ein bisschen stimmte es. Sie stritt sich wirklich nicht gerne, fand lieber einen Kompromiss. Warum also konnte sie Tom Lewis nicht einfach in Ruhe lassen?

»Emma sagt, Sie sind Musiker«, meinte sie, etwas versöhnlicher. »Stimmt das?«

Vielleicht, überlegte sie, träumte er ja davon, mit seinen Songs berühmt zu werden, und das hatte einfach noch nicht geklappt. Nicht jeder schaffte es in dem Business schließlich bis an die Spitze. Obwohl er eigentlich aussah wie jemand, der bekam, was er wollte. Aber das konnte natürlich täuschen.

Er wartete lange mit seiner Antwort, schien seine Worte abzuwägen. »Ich kann Gitarre spielen, wenn Sie das meinen«, erwiderte er schließlich, und diesmal hatte Lilly wirklich den Eindruck, dass er ihr auswich.

»Aber das ist doch Ihr Job – oder nicht?«, hakte sie nach. »Treten Sie in Clubs auf?«

»Nein«, erwiderte er kurz angebunden, und Lilly verlor erneut die Geduld.

»Und was tun Sie dann?«

Abrupt stand Tom Lewis auf und räumte seinen Teller in die Spüle, ließ Wasser hineinlaufen.

»Im Moment helfe ich Ihrer Tante«, erwiderte er dann.

»Sie weichen mir aus!« Lilly stand ebenfalls auf und ging zu ihm, weil sie ihm keine Chance lassen wollte, sich ihr zu entziehen. »Wieso wollen Sie mir nichts über sich erzählen?«

Tom Lewis wandte sich zu ihr um, und ihr wurde erneut bewusst, wie viel größer er war als sie. Sie reichte ihm gerade bis zum Kinn und musste zu ihm aufblicken – direkt in seine blauen Augen, die immer noch herausfordernd funkelten.

»Vielleicht weil ich weiß, was Sie hören wollen«, sagte er, und in seiner dunklen Stimme schwang jetzt Zorn mit. »Für Sie definiert sich ein Mann über seinen beruflichen Erfolg und sein dickes Bankkonto. Das ist für Sie das Einzige, das zählt, oder? Und wenn er durch dieses Raster fällt, ist ihm nicht zu trauen. Der Mann selbst spielt gar keine Rolle, sondern nur, was er darstellt. Nur dann interessieren Sie sich für ihn. Stimmt's?«

»Was? Nein!«, rief sie erschrocken. »Ich interessiere mich für Sie! Sonst würde ich doch nicht fragen. Und Ihr Bankkonto ist mir herzlich egal. Ich beurteile Mä... Menschen nicht danach, wie viel sie verdienen, ich wollte nur ...«

Sie stockte, plötzlich nicht mehr in der Lage, sich zu rechtfertigen. Weil seine Vorwürfe schon irgendwie stimmten. Aber er irrte sich trotzdem, denn es ging ihr nicht ums Geld oder um irgendwelche Statussymbole, sondern nur um Sicherheit. Um Verlässlichkeit. Ein Mann, der ihr das nicht bieten konnte, kam überhaupt nicht in Frage – ganz egal, was er sonst machte. Oder wie blau seine Augen waren ...

»Oh, guten Morgen, ihr beiden!«, rief Ruth, die in diesem Augenblick die Küche betrat, und Lilly machte hastig einen Schritt zurück, um Abstand zwischen sich und Tom Lewis zu bringen, der sie immer noch mit einem viel zu intensiven Blick fixierte.

»Guten Morgen«, erwiderte sie und brachte mit Mühe ein Lächeln zustande, während sie auf die Tür zuhielt. »Ich ... gehe mal nachsehen, ob Emma schon auf ist. Sie hat mich gebeten, sie nicht zu lange schlafen zu lassen. Du kennst sie ja, sie kommt nicht so gut aus dem Bett, und wir haben heute noch viel zu tun.«

»Ja, mach das«, meinte Ruth, offenbar irritiert darüber, dass sie gleich wieder ging.

An der Tür drehte Lilly sich noch einmal um und blickte zurück, bereute es aber sofort, als sie das spöttische Lächeln sah, das auf Tom Lewis' Gesicht lag. Hoffentlich bleibt er nicht mehr lange, dachte sie und funkelte ihn so zornig an, wie sie konnte, bevor sie die Küche verließ und rasch wieder nach oben lief.

*****

Tom starrte noch einen Moment auf die geschlossene Tür, dann bemerkte er, dass Ruth ihn mit gerunzelter Stirn musterte.

»Haben Sie sich mit Lilly gestritten?«

Tom zuckte nur mit den Schultern. »Ich glaube, sie mag mich nicht.«

Diese Erfahrung war ziemlich neu für ihn. Normalerweise kam er gut an bei Frauen, oft sogar ein bisschen zu gut. Es war jedenfalls lange her, dass ihn eine so skeptisch angesehen hatte wie diese Lilian Holmes eben. Aber sonst trug er ja auch keine Flanellhemden und Jeans und arbeitete aushilfsweise in einer kleinen Pension irgendwo im Nirgendwo. Da musste er sich über so eine Reaktion vermutlich nicht wundern …

»Ach, nein, da täuschen Sie sich.« Ruth winkte lächelnd ab. »Lilly ist ein feines Mädchen. Sie hat nur eine schwere Zeit hinter sich, das ist alles. Wenn Sie sich erst besser kennen, werden Sie gut miteinander auskommen.«

»Ja, vielleicht.« Tom holte sein Handy heraus, das

gerade in seiner Hosentasche gebrummt hatte. Die Nachricht, die auf dem Display erschien, ließ ihn besorgt die Stirn runzeln. »Ich muss mal kurz telefonieren«, sagte er und verließ rasch die Küche. Er griff nach seiner Jacke, die am Garderobenhaken neben der Haustür hing, und ging raus auf den Hof. Es war noch dunkel und verflucht kalt, deshalb zog er den Reißverschluss der Jacke bis oben hin zu, bevor er ein Stück die Straße hinunterlief. Erst als er sicher war, dass ihn keiner mehr hören konnte, wählte er eine Nummer aus seinem Kurzwahlspeicher.

»Tom?« Pippas Stimme klang ganz normal, aber Tom war trotzdem besorgt.

»Wieso soll ich mich melden?«, fragte er. »Geht es dir nicht gut?«

»Doch, doch, es geht mir blendend, wirklich«, versicherte sie ihm. »Aber wie geht es dir? Wir haben ewig nichts von dir gehört.«

Tom stieß die Luft aus und verdrehte die Augen. »So war das ja auch abgemacht«, erinnerte er sie. »Du hast gesagt, es ist okay, wenn ich eine Weile nichts von mir hören lasse.«

»Ist es ja auch.« Pippa seufzte. »Aber ich bin so furchtbar neugierig. Hast du diese Caroline schon finden können?«

Für einen Moment zögerte Tom. »Noch nicht«, sagte er dann und unterdrückte sein schlechtes Gewissen. Er belog Pippa nicht gerne, aber er hatte beschlossen, noch eine Weile für sich zu behalten, dass er wahrscheinlich schon seit Tagen bei der Frau wohnte, wegen der er in den Lake District gekommen war. Noch war er allerdings nicht ganz sicher, ob sie die richtige Caroline war, und da er sie auch nicht einfach fragen konnte, ohne sich zu verraten, war es besser, wenn er keine falschen Hoffnungen weckte.

»Ich muss jetzt wieder los«, sagte er und spürte, wie die Sorge noch einmal zurückkehrte, die ihn wohl nie ganz loslassen würde. »Pass auf dich auf, ja? Versprich es mir!«

»Ja, ja.« Pippa lachte, und er konnte ihr strahlendes Gesicht vor sich sehen. »Sorg du lieber dafür, dass du nicht auffliegst! Ich wundere mich sowieso, dass es schon so lange gutgeht mit deinem Versteckspiel. Also genieß es, solange du noch kannst.«

Tom beendete das Gespräch und dachte über ihre Worte nach, während er zurück zum Haus ging. Darüber, dass ihn noch niemand erkannt hatte, wunderte er sich auch. Aber letztlich sahen die Leute immer nur, was sie sehen wollten, dafür war diese Lilian Holmes das beste Beispiel.

Er dachte daran, wie böse sie ihn vorhin in der Küche angesehen hatte. Fast golden hatten ihre Augen geschimmert, und der Ausdruck darin hatte ihn getroffen, nagte auch jetzt noch an ihm. Denn für einen Moment war er sicher gewesen, dass sie tiefer blickte als die anderen und ihn durchschaute. Aber das war Unsinn. Sie war einfach nur misstrauischer und hatte ihm mit ihren vielen Fragen ganz schön zugesetzt. Er würde aufpassen müssen, dass sie ihm nicht auf die Schliche kam. Andererseits hatte die Aussicht auf weitere Auseinandersetzungen mit ihr etwas durchaus Reizvolles. Die nächsten paar Tage würde er jedenfalls noch bleiben und versuchen, mehr über Caroline King und ihre streitbare Nichte herauszufinden, dachte er und schob mit einem zufriedenen Grinsen die Hände in die Hosentaschen.

5

So, fertig!« Lilly gab dem dicken Strauß aus Mistelzweigen, den sie gerade an einem roten Samtband an der Decke der Eingangshalle aufgehängt hatte, einen kleinen Schubs, so dass er sich drehte, und sah lächelnd zu Emma hinunter. »Wie sieht's bei dir aus?«

»Alles erledigt«, erklärte Emma und half Lilly dabei, wieder von dem Hocker herunterzusteigen, auf dem sie gestanden hatte. »Das ganze Haus ist dank dir jetzt ein Weihnachts-Wunderland. So viele geschmackvoll arrangierte Kerzen und Kugeln und Tannenzweige hatten wir hier seit Jahren nicht – du hast dich wirklich selbst übertroffen.«

»Unsinn«, wehrte Lilly ab. »Ich habe nur das Beste aus dem gemacht, was da war.«

Das war allerdings wirklich eine Menge gewesen, denn Caroline hatte in ihrem Übereifer und ihrer Vorfreude auf den Weihnachtsmarkt alle Arten von Dekorationen besorgt – und zwar gleich kistenweise. Einen Teil davon würden sie für den Stand unten im

Dorf brauchen, und den Rest hatte Lilly mit Emmas und Ruths Hilfe überall im Haus verteilt, so dass jeder Raum irgendwie geschmückt war und es überall herrlich nach Orangenschalen, Zimtstangen und Tannengrün duftete.

»Aber wenn du das Beste aus etwas machst, dann kommt auch das Beste dabei heraus.« Emma legte Lilly einen Arm um die Schultern und grinste sie an. »Gar nicht auszudenken, wie es hier aussehen würde, wenn ich das alleine hätte machen müssen.«

Lilly lehnte ihren Kopf an Emmas Schulter und musste ebenfalls lächeln, denn die Stärken ihrer Cousine lagen tatsächlich nicht unbedingt im praktischen Bereich. Mit Emma war es nie langweilig, weil sie einen mitriss mit ihrem Temperament, und in ihrem Job als Online-Redakteurin bei einem schottischen News-Portal ging sie richtig auf. Im Alltag hingegen konnte sie unglaublich chaotisch sein, im Gegensatz zu Lilly, die es ordentlich mochte und alles sehr gründlich anging. In dieser Hinsicht waren sie schon immer sehr verschieden gewesen, aber genau deshalb ergänzten sie sich so gut.

»Eigentlich fehlt nur noch das Kaminfeuer«, befand Emma, »dann ist die gemütliche Stimmung perfekt.«

»Von wegen gemütlich! Jetzt geht die Arbeit doch erst richtig los!«, erinnerte Lilly sie und stellte fest, dass der Gedanke sie ganz euphorisch stimmte. In den letzten sechsunddreißig Stunden war sie kaum zur Ruhe gekommen, hatte telefoniert, organisiert, geräumt, geputzt, geschmückt und dann alles wieder von vorn, bis sie abends todmüde ins Bett gefallen war. Aber genau so war es gut, genau so wollte sie es haben, weil sie dadurch keine Zeit zum Nachdenken hatte. Außerdem liebte sie es, wenn ihre Pläne aufgingen, und so, wie es jetzt aussah, würde es ihnen gelingen, den Weihnachtsmarkt wie geplant am zweiten Adventssonntag – also in vier Tagen – zu eröffnen. »Als Nächstes müssen wir uns an den Aufbau der Buden unten auf dem Marktplatz machen. Die Söhne der Parkers haben zugesagt, dass sie dabei helfen, und ich habe inzwischen auch den Standplan fertig. Wenn wir ihn den beiden bringen, können wir gleich mit anpacken, dann geht es schneller und …«

»Ich fürchte, das geht nicht«, sagte Caroline, die in diesem Moment an Krücken aus der Tür hinter der Rezeption kam.

»Mum!« Emma starrte sie erschrocken an. »Du sollst doch liegen bleiben.«

»Papperlapapp.« Caroline stakte ein bisschen ungelenk auf sie zu. »Der Arzt hat gesagt, dass ich das Bein nicht belasten darf, und das tue ich ja nicht, solange ich die Krücken habe. Außerdem brauche ich Bewegung, sonst werde ich noch verrückt.«

»Du wirst auf keinen Fall beim Aufbau helfen!«, erklärte Emma entschieden und schüttelte den Kopf, so als könnte sie nicht begreifen, was in ihre Mutter gefahren war. »Das ist viel zu anstrengend.«

»Das will ich ja auch gar nicht«, versicherte Caroline ihr. »Aber ihr werdet die Parker-Jungs vorläufig allein vor sich hin werkeln lassen müssen. Ich habe nämlich gerade eine Nachricht von Morris Hook erhalten.«

»Von dem alten Holzkünstler aus Hawkshead, dessen Sachen du so magst?«, fragte Lilly.

»Genau. Und stellt euch vor – er hat sich jetzt doch entschieden, bei unserem Markt mitzumachen.« Carolines Augen leuchteten begeistert. »Das Problem ist nur, dass er sich nicht zutraut, seinen Stand selbst zu betreuen. Er ist schon über achtzig, und das würde ihn überfordern, aber ich hatte ihm angeboten, dass wir das alles für ihn organisieren – und jetzt hat er endlich zugestimmt. Und deshalb wirst du gleich zu ihm fahren und die Sachen, die er verkaufen will, schon mal abholen, Lilly.«

»Ich?«, fragte Lilly, ein bisschen überrumpelt.

»Ja, genau«, erwiderte Caroline. »Ich will nämlich sichergehen, dass er es sich nicht noch einmal anders überlegt, und du schaffst es mit deiner diplomatischen Art bestimmt, ihn davon abzuhalten. Das hast du von meinem Bruder. Edgar überzeugt auch jeden, ohne jemals laut werden zu müssen.«

Sie lächelte liebevoll, aber Lilly war nicht sicher, ob das stimmte. Was ihren Vater anging, vielleicht. Aber wenn es nach Phil ging, dann war sie in keiner Hinsicht besonders überzeugend. *Du bist so farblos, Lilly. Ist es da ein Wunder, wenn ich eine andere Frau attraktiver finde?* Lilly krampfte die Hände zusammen, als ihr seine gemeinen Worte einfielen, die ihr immer wieder neu wehtaten.

»Und ich? Soll ich mitfahren?«, fragte Emma.

»Nein, du musst mich nach Kendal ins Krankenhaus bringen.« Caroline seufzte. »Ich habe nämlich ganz vergessen, dass ich dort heute noch einen Kontrolltermin habe. Ärgerlich, wirklich, aber sie sagen, es ist wichtig, und ich brauche jemanden, der mich fährt. Das machst du doch, Schatz, oder?«

»Klar«, bestätigte Emma, während Lilly verwirrt den Kopf schüttelte.

»Und wie soll ich dann nach Hawkshead kommen? Dein Auto ist doch noch in der Werkstatt.«

»Tom kann dich mit seinem Lieferwagen hinfahren.« Caroline blickte lächelnd über Lillys Schulter. »Nicht wahr, Tom?«

Lilly fuhr herum und sah, dass Tom Lewis gerade hereingekommen war. Er trug die Kiste, in der sonst die Lichterketten für die weihnachtliche Außenbeleuchtung aufbewahrt wurden, und da sie leer war, nahm Lilly an, dass er bereits damit fertig war, das Haus und den Schuppen draußen zu schmücken, so wie er es angeboten hatte.

»Sicher.« Er stellte die Kiste vor den Empfangstresen und drehte sich zu ihnen um. Als er Lillys verschreckten Blick auffing, grinste er. »Gar kein Problem.«

Lilly spürte, wie sie rot wurde. »Das ist nicht nötig. Ich … kann mir auch ein Taxi rufen.«

»Unsinn.« Caroline machte eine wegwerfende Handbewegung. »Ihr sollt doch die Sachen abholen, und wie ich Morris kenne, werden da einige Kisten zusammenkommen. Ich glaube nicht, dass die in einen normalen Kofferraum passen.«

»Aber …« Lilly wollte noch einmal protestieren, ließ es jedoch, als sie Carolines entschlossenen Gesichtsausdruck sah. Wenn ihre Tante sich etwas in den Kopf gesetzt hatte, dann ließ sie sich selten wieder davon abbringen. Und das Argument, dass Lilly nicht gerne mit Tom Lewis im Auto allein sein wollte, würde sie wohl kaum gelten lassen. Lilly kam ihre instinktive Reaktion selbst albern vor, aber seit ihrem Streit gestern Morgen in der Küche hatte sie sich sehr bemüht, ihm aus dem Weg zu gehen. Was gar nicht so leicht war, denn er bot ständig seine Hilfe an – und dank ihm waren sie auch schon sehr viel weiter, das musste Lilly zugeben.

»Also gut. Wenn Mr Lewis wirklich nichts Besseres zu tun hat.« Sie blickte ihn herausfordernd an, aber er lächelte nur.

»Im Gegenteil – es ist mir ein Vergnügen«, sagte er, und das Funkeln in seinen Augen löste ein Kribbeln in Lillys Magen aus, das sie jedoch sofort wieder unterdrückte.

Emma konnte sie allerdings nicht täuschen, denn sie musterte Lilly prüfend, nachdem sowohl Tom als auch Caroline gegangen waren und sie wieder allein in der Eingangshalle standen. »Du bist ja ganz rot«, stellte sie fest. »Bringt er dich so durcheinander?«

»Was? Nein, tut er nicht«, widersprach Lilly sofort und ein bisschen zu heftig.

Emma legte den Kopf schief und kniff ein Auge halb

zu. »Doch. Du kannst es ruhig zugeben. Und warum auch nicht? Du bist jetzt schon eine Weile wieder Single, und Tom ist doch als Typ ein echter Hingucker.«

»Wenn er dir so gut gefällt, dann fahr du doch mit ihm nach Hawkshead«, gab Lilly zurück.

»Würde ich ja, aber ich bin nicht diplomatisch genug«, erwiderte Emma grinsend. »Ach, komm schon, Lilly. Entspann dich. So ein kleiner Flirt schadet doch nicht.«

Lilly verzog das Gesicht. »Das mag sein, aber Mr Lewis reist in ein paar Tagen weiter, und ich werde ihn sehr wahrscheinlich nie wiedersehen. Wohin sollte das also führen?«

»Du immer mit deinen Plänen!«, meinte Emma lachend. »Muss denn immer alles ein Ergebnis haben? Genieß doch einfach mal den Augenblick!«

Lilly sah ihrer Cousine nach, die ihrer Mutter in deren Privaträume folgte. Emma mit ihrer extrem sorglosen, fröhlichen Art hatte leicht reden. Sie war jetzt schon seit über drei Jahren mit ihrem Freund Rob zusammen und glücklich in ihrer Beziehung. Aber davor hatte sie ihre Freiheit in vollen Zügen genossen, und Lilly konnte sich an eine ganze Reihe von Männern erinnern, die in der Zeit gekommen und gegangen waren. Lilly dagegen fiel es schwer, sich einfach fallenzulassen und nicht an morgen zu denken. Sie war einfach nicht der Typ für einen One-Night-Stand. Und selbst wenn sie es hätte versuchen wollen – Tom Lewis hatte sicher gar kein Interesse an einer so durchschnittlichen Frau wie ihr. Also sind diese ganzen Überlegungen sowieso müßig, dachte sie, verärgert über sich selbst, während sie nach oben ging, um ihre Sachen zu holen.

*****

»Entschuldigen Sie den Zustand des Autos. Ich habe lange niemanden mehr mitgenommen.« Tom Lewis, der schon hinter dem Steuer des Lieferwagens saß, hob einige Zeitschriften vom Beifahrersitz, um Lilly Platz zu machen, und warf sie achtlos nach hinten. Es waren Wirtschaftsmagazine, wie Lilly erstaunt feststellte, und eine Hochglanz-Broschüre des National Trust.

»Sie interessieren sich für Herrenhäuser?«, fragte sie, während sie sich setzte, und hielt überrascht den Atem an, als Tom sich zu ihr herüberbeugte. Aber er wischte nur den Staub weg, der ihre Seite des Armaturenbretts bedeckte. Ihre Frage ließ ihn innehalten, und er sah sie an, sein Gesicht dicht vor ihrem.

»Ja. Wieso? Dürfen das nur Leute mit einem festen Job?«

In seinen blauen Augen stand ein Ausdruck, den Lilly nicht deuten konnte. War er ihr immer noch böse? Oder amüsierte er sich über sie?

»Ich … wollte es nur wissen«, erklärte sie und atmete auf, als er sich wieder zu seiner Seite lehnte und den Motor startete. »Sind Sie immer so empfindlich?«

»Kommt darauf an«, erwiderte er und wendete den großen Wagen. »Wenn ich das Gefühl habe, dass jede meiner Handlungen auf dem Prüfstand steht, dann schon.«

Betroffen sah Lilly ihn an, während er vom Hof fuhr.

»Ich wollte Sie nicht beleidigen«, sagte sie. »Wirklich, es ist nur ...«

»Was?«, fragte er, und Lilly spürte, wie ihre Wangen schon wieder heiß wurden. Herrgott, sie war schon seit einer Ewigkeit nicht mehr rot geworden, aber unter Tom Lewis' Blicken lief sie ständig an wie eine Tomate. Wieso brachte ausgerechnet er sie so in Verlegenheit?

»Sie sehen eben nicht aus wie jemand, der sich für so noble Dinge wie Landsitze interessiert«, erklärte sie, weil ihr nicht schnell genug eine bessere Begründung einfiel, und rechnete damit, dass er wieder böse auf sie sein würde. Doch er sah sie nur ziemlich fassungslos an – und lachte dann aus vollem Hals.

»Nein, wahrscheinlich nicht«, sagte er, als er sich wieder beruhigt hatte, aber er klang überhaupt nicht sauer, sondern grinste nur vor sich hin, während er fuhr.

Lilly beschloss, am besten gar nichts mehr zu sagen. Offenbar schaffte sie es nicht, eine normale Unterhaltung mit ihm zu führen, also ließ sie es lieber. Dann würde sie eben nicht herausfinden, was er eigentlich machte und wieso alles, was sie sagte, immer irgendwie falsch war. Doch sie hielt ihr Schweigen nur bis zum Ortsausgang durch, dann siegte ihre Neugier.

»Wie lange sind Sie denn schon unterwegs?«

»Seit ein paar Wochen«, erwiderte er, ohne den Blick von der Straße zu nehmen.

»Und was haben Sie vorher gemacht?«

Er sah sie an und hob eine Augenbraue. »Ich dachte, die Inquisition wäre beendet.«

»Ist es ein Geheimnis?«, fragte Lilly zurück.

Das Lächeln, das um seine Lippen gespielt hatte, verschwand, und er richtete den Blick zurück nach vorn.

»Wieso sprechen wir nicht zur Abwechslung mal über Sie? Was arbeiten Sie eigentlich?«

Autsch, dachte Lilly und biss sich auf die Lippe. »Ich ... bin gerade zwischen zwei Jobs«, erklärte sie und wich seinem Blick aus.

»Aha«, meinte er. »Und wann fangen Sie wieder an?«

»Das ... weiß ich noch nicht.« Unglücklich zuckte Lilly mit den Schultern und wartete darauf, dass er seinen Triumph auskostete. Sie war so sehr damit beschäftigt gewesen, sich über seinen Lebensstil aufzuregen, dass ihr gar nicht bewusst geworden war, dass ihre eigene Situation seiner gerade durchaus ähnelte. Mal abgesehen davon, dass sie nicht durchs Land zog, wusste sie auch nicht, wie es jetzt weiterging – und das würde er ihr sicher gleich genüsslich aufs Brot schmieren.

Doch Tom Lewis sagte gar nichts, und als sie sich irgendwann zu ihm umdrehte, lächelte er. Nicht gehässig oder triumphierend. Er lächelte einfach.

»Dann sind wir ja schon zwei, was?«, meinte er, und für einen ganz kleinen Moment fand sie ihn sympathisch. Aber sehr viel gemeinsam hatte sie mit ihm trotzdem nicht, deshalb wandte sie den Kopf wieder ab und sah nach vorn.

Für eine Weile schwiegen sie beide, und Lilly hing den düsteren Gedanken nach, die sie immer überkamen, wenn es um ihre ungewisse Zukunft ging. Der tiefenentspannte Tom fand es vielleicht amüsant, nicht zu wissen, was ihn morgen erwartete, aber für sie war gerade die Welt untergegangen, und sie fühlte sich schrecklich verloren. Warum hatte er sie an das erinnern müssen, was sie während der letzten zwei Tage so erfolgreich verdrängt hatte?

»Caroline hat erzählt, dass Sie hier als Kind sehr viel Zeit verbracht haben.« Toms Bemerkung durchbrach die Stille und riss Lilly aus ihren Gedanken.

»Das stimmt. Eine Weile bin ich öfter bei Caroline gewesen als bei meinen Eltern.«

»Wirklich?« Tom hob erstaunt die Augenbrauen. »Wieso?«

Lilly zuckte mit den Schultern. »Mein Vater ist Diplomat. Er wird ständig in andere Länder versetzt, und meine Mutter und ich sind immer mit ihm umgezogen. Irgendwann war ich es leid, mir ständig neue Freunde suchen zu müssen, und bin auf das Internat in Carlisle gewechselt, auf das Emma ging. Damals waren meine Eltern gerade in Australien, deshalb habe ich eine Zeitlang fast alle Ferien hier im Lake District verbracht.«

»Hm.« Tom sah sie kurz an, blickte dann jedoch wieder nach vorn. »Ich schätze, das erklärt es.«

Lilly runzelte die Stirn. »Was?«

»Warum Sie das Vagabundenleben nicht leiden können«, erwiderte er. »Wenn ich so viel umgezogen wäre, dann würde es mir wahrscheinlich genauso gehen.«

Überrascht starrte Lilly ihn an. So einfach hätte sie ihr Bedürfnis nach Sicherheit und Verlässlichkeit nie zusammengefasst, aber im Grunde stimmte es. Wenn sie sich nach etwas sehnte, dann ganz sicher nicht danach, noch mehr von der Welt zu sehen. Sie wollte nicht mehr herumreisen, sie wollte irgendwo bleiben und wissen, dass dort ihr Zuhause war. Nur hatte sie den Ort, den sie dafür gehalten hatte, gerade verloren. Was eine schmerzhafte Lücke in ihr Leben gerissen hatte – eine Tatsache, die sie ganz sicher nicht ausgerechnet mit jemandem diskutieren würde, der Sesshaftigkeit offenbar für uncool hielt.

»Und was ist mit Ihnen?«, sagte sie, ein bisschen verschlossener. »Wieso ziehen Sie so viel herum?«

Tom deutete auf ein Schild, an dem sie vorbeifuhren. »Ich glaube, wir sind da.«

Das war keine Antwort auf ihre Frage, aber da sie tatsächlich gerade den Ortseingang von Hawkshead passierten, hakte Lilly nicht nach, sondern blickte auf den Stadtplan, den Caroline ihnen mitgegeben hatte. Sie gab Tom Anweisungen, wie er fahren musste, und bewunderte dabei noch einmal den hübschen kleinen Ort, der mit seinen überwiegend weiß getünchten und teilweise mit Fachwerk gebauten Häuschen als eines der schönsten Dörfer im Lake District galt. Die üppig blühenden Blumenkübel, die sonst die Hauswände schmückten, waren im Winter abgenommen, dafür erstrahlte die Haupteinkaufsstraße jetzt in weihnachtlichem Glanz. Überall in den Schaufenstern fanden sich außerdem die Bilder der berühmten Kinderbuchautorin Beatrix Potter, die lange hier in der Nähe gelebt und sehr viel für den Landschaftsschutz in den Cumbrian Mountains getan hatte.

Das Haus von Morris Hook war ein windschiefes Fachwerkhaus in einer Seitenstraße, das sicher zu den ältesten im Ort gehörte. Der weißhaarige, etwas gebeugt gehende Mann, der ihnen die Haustür öffnete, schien sehr gut dazu zu passen. Als er sie sah, erhellte ein Lächeln sein faltiges Gesicht.

»Ah, Sie müssen Miss Holmes sein. Caroline hat Sie schon angekündigt. Und Sie sind Mr Lewis, nicht wahr? Kommen Sie doch herein, bitte.«

Er führte sie durch einen schmalen Flur in ein relativ großes Wohnzimmer mit dunklen Holzmöbeln. Das war es jedoch nicht, was Lilly sofort ins Auge fiel, sondern die vielen geschnitzten Figuren, die so gut wie jede freie Stellfläche in den Schränken und auf den Regalen bedeckten.

»Oh mein Gott!«, stieß Lilly hervor und betrachtete die kleinen Kunstwerke voller Staunen. Die meisten stellten Tiere dar – Dachse, Eichhörnchen, Füchse oder Hasen –, aber es gab auch menschliche Figuren und richtige Szenen; eine weihnachtliche Krippe mit Maria und Josef zum Beispiel und einen Schäfer mit seiner Herde. Alle waren unglaublich detailliert gearbeitet und hatten einen ganz eigenen Charme, eine Einzigartigkeit, die nur ein echter Künstler ihnen geben konnte. Vorsichtig strich Lilly mit dem Finger über den glatten Rücken eines Hasen, dessen Augen sie zu fixieren schienen, und begriff, wieso ihre Tante so begeistert von Morris Hooks Arbeiten war. »Die sind wunderschön! Die müssen wir unbedingt auf unserem Weihnachtsmarkt anbieten!«

»Das hat Ihre Tante auch gesagt. Aber ich weiß nicht, ob ich Ihr großzügiges Angebot annehmen kann«, meinte Morris Hook und ließ sich etwas steif in den großen, schon recht durchgesessenen Ohrensessel sinken, der offenbar sein Stammplatz war. Lilly und Tom blieb nur das ziemlich schmale, zweisitzige Sofa, auf dem sie für Lillys Geschmack viel zu eng nebeneinandersitzen mussten.

»Sind Sie sicher, dass Ihnen das nicht zu viel wird, wenn Sie das alles für mich übernehmen?«, fuhr der alte Mann fort. »Caroline meinte zwar, es wäre kein Problem, aber ich habe noch mal nachgedacht, und ich möchte Ihnen wirklich keine Umstände machen.«

»Das tun Sie nicht, Mr Hook. Im Gegenteil – es ist uns eine Ehre«, versicherte Lilly ihm und versuchte zu ignorieren, dass Toms Schenkel ihrem so nah war, dass sie seine Wärme durch den Stoff ihrer Jeans spüren konnte. Und wieso roch der Kerl so gut, wenn er gar nicht frisch rasiert war? Sie räusperte sich, bevor sie weitersprach. »Wenn wir auf unserem Markt so besondere Sachen wie Ihre Figuren anbieten, dann ist das ein Gewinn für uns alle, glauben Sie mir.«

Der alte Mann lächelte erleichtert. »Wirklich? Oh, Sie sind sehr freundlich, Miss Holmes. Wissen Sie, es ist vielleicht die letzte Gelegenheit, meine Figuren noch einmal in so einem Rahmen anzubieten. Früher kamen die Leute von weither, um sich meine Sachen anzusehen und zu kaufen, aber ich war in den letzten Jahren oft krank, und man gerät schnell in Vergessenheit.« Er seufzte wehmütig. »Deshalb wäre es schon sehr schön, wenn sich auf diesem Wege noch ein paar Leute für meine Werke interessieren würden.«

»Es werden ganz sicher mehr als nur ein paar sein«, versicherte ihm Lilly. »Wir werden dafür sorgen, dass ...«

Ein helles und ziemlich lautes Klingeln schallte plötzlich durch den Raum.

»Das wird meine Enkelin Susan sein. Sie kommt um diese Zeit immer vorbei, um nach mir zu sehen«, erklärte Morris Hook, während er sich wieder aus dem Sessel kämpfte, und verschwand im Flur, nur um einen Augenblick später in Begleitung einer jungen blonden Frau zurückzukehren. Lilly schätzte sie auf Mitte zwanzig, und sie hatte sehr herbe Gesichtszüge, die durch ihr freundliches, offenes Lächeln etwas gemildert wurden. Das Lächeln erlosch jedoch sofort, als ihr Blick auf Tom fiel.

»Oh, mein Gott!«, rief sie mit beinahe schriller Stimme und zeigte auf ihn. »Sie kenne ich doch!«

6

Sie hat mich verwechselt. Das kann doch passieren.« Tom legte den Arm auf die Lehne des Beifahrersitzes und sah nach hinten, um ein Stück zurückzusetzen. »Wobei es ein ziemlich schmeichelhafter Vergleich war.«

Lilly schnaubte. »Aber Sie sehen überhaupt nicht aus wie Gerard Butler«, widersprach sie, immer noch konsterniert darüber, dass Morris Hooks Enkelin ihn im ersten Moment für den bekannten Schauspieler gehalten hatte. »Der Typ ist doch mindestens zehn Jahre älter als Sie, und das Einzige, was er mit Ihnen gemeinsam hat, ist dieser furchtbare Dreitagebart.«

Verblüfft wandte Tom sich zu ihr um. »War das ein Kompliment oder eine Beleidigung?«, wollte er wissen und nahm seinen Arm von der Lehne. Dann setzte er den Wagen aus der Parklücke und fuhr an Morris Hooks Haus vorbei. Es hatte zu schneien begonnen, aber der alte Mann und seine Enkelin standen trotzdem in der Haustür, und Lilly hob die Hand, um ihnen zum Abschied zu winken.

»Weder noch. Es ist einfach eine Tatsache«, erwiderte sie und verschwieg, dass sie fand, dass er viel besser aussah. Obwohl Gerard Butler durchaus attraktiv war. Aber Toms Haarfarbe war dunkler, und er war ein ganz anderer Typ, größer und mit viel klareren Gesichtszügen, die man noch besser hätte erkennen können, wenn seine Wangen nicht schon wieder von Bartstoppeln bedeckt gewesen wären. Was wohl belegte, wie unterschiedlich Wahrnehmungen sein konnten. In einem Punkt musste Lilly der Enkelin von Morris Hook jedoch recht geben: Sie hatte auch das Gefühl, dass sie ihn von irgendwoher kannte. »Sie erinnern mich aber tatsächlich an jemanden.«

»Ach ja?« Er stellte den Scheibenwischer an, weil es jetzt heftiger schneite. »Vielleicht an den Weihnachtsmann? Der trägt immerhin auch einen Bart«, meinte er grinsend, aber er hielt den Blick auf die Straße gerichtet, was Lilly irritierte. Täuschte sie sich, oder wirkte er plötzlich wieder so angespannt wie eben, als die blonde Susan mit diesem fassungslosen Gesichtsausdruck auf ihn gedeutet hatte? Richtig blass war er da geworden. Aber wahrscheinlich hatte er sich nur über ihren schrillen Ausruf erschrocken. Warum sollte er schließlich nervös werden, wenn ihn jemand zu erkennen glaubte?

»Nein, im Ernst«, beharrte Lilly. »Ich könnte schwören, dass wir uns schon irgendwo begegnet sind.«

Er schnaubte. »Ausgeschlossen. Wenn wir uns schon mal getroffen hätten, dann wüsste ich das.«

»Ach ja?«, fragte sie, erstaunt über seine Vehemenz. »Und wieso sind Sie sich da so sicher?«

Er sah sie an. »Weil ich Sie nicht vergessen hätte«, erwiderte er, und der intensive Ausdruck in seinen blauen Augen schickte Lillys Magen auf Talfahrt. Meinte er das ernst, was sie in seinem Blick zu erkennen glaubte? Er wirkte jedenfalls ehrlich, aber dass er sie attraktiv fand, konnte sie sich nicht vorstellen. Deshalb wandte sie den Kopf ab und starrte wieder nach vorn auf die Straße.

»Ich wette, das sagen Sie allen Frauen«, meinte sie möglichst leichthin. »Das ist eine Masche von Ihnen, oder?«

Er stieß die Luft aus und schüttelte den Kopf. »Immer noch misstrauisch?«

»Das muss ich doch sein, wenn Sie mir nichts über sich erzählen«, erwiderte sie und stemmte dann erschrocken die Hände gegen das Armaturenbrett, weil er heftig bremste und den Wagen am Straßenrand zum Stehen brachte.

»Okay, also noch mal zum Mitschreiben«, sagte er, und in seiner Stimme schwang jetzt ein resigniertes Seufzen mit. »Ich heiße Tom Lewis, ich bin vierunddreißig Jahre alt, und ich besitze dieses alte, aber immer noch sehr zuverlässige Auto. Ich habe keinen Chef, der mir verbieten könnte, damit so lange durch England zu fahren, bis mir der Sprit ausgeht oder ich keine Lust mehr dazu habe, was vorläufig noch nicht der Fall sein wird. Ich bleibe, wo ich will, und so lange, wie ich will, und ich bin niemandem darüber Rechenschaft schuldig, was mir ziemlich gut gefällt. Trotzdem bin ich weder ein Dieb noch ein verurteilter Serienkiller. Tatsächlich habe ich mir überhaupt noch nichts zuschulden kommen lassen, was mich jemals vor ein Gericht gebracht hätte. Ich esse gerne Eier mit Speck zum Frühstück, trinke am liebsten Earl-Grey-Tee und kann gut genug Gitarre spielen, dass die Leute nicht entsetzt weglaufen. Ach ja, und ich mag Hunde.« Er hob die Augenbrauen. »Reicht das nicht erst mal für einen Waffenstillstand? Ich habe nämlich wirklich keine Lust, die nächsten Tage damit zu verbringen, mich ständig mit Ihnen zu streiten.«

Lilly starrte ihn an. Nein, dachte sie. Das reichte nicht mal annähernd, um ihre Neugier zu befriedigen. Aber er war offenbar nicht bereit, mehr über sich preiszugeben. Und irgendwie wirkte er auch nicht wie ein Betrüger. Andererseits sahen Leute, denen man nicht trauen konnte, in der Regel nicht aus wie Leute, denen man nicht trauen konnte. Vielleicht war genau das sein Trick. Oder …

Sie seufzte innerlich. Oder er war harmlos, und sie machte sich gerade lächerlich mit ihrem Misstrauen, das sie nach der Enttäuschung mit Phil nur schwer ablegen konnte. Im Grunde hatte er nämlich völlig recht, auch wenn sie sich das nur ungern eingestand. Wahrscheinlich würde er nur noch ein paar Tage hier sein, und in dieser Zeit würden sie sehr viel zu tun haben. Sie konnten ihre Zeit wirklich sinnvoller nutzen, als sich immer wieder wegen etwas in die Haare zu kriegen, das Lilly im Grunde nichts anging.

»Also gut«, sagte sie und versuchte ein zaghaftes Lächeln. »Waffenstillstand.«

Seine Stirn blieb gerunzelt, so als würde er dem Frieden noch nicht trauen. »Sie werden mich nicht mehr ausfragen?«

Lilly zögerte einen Moment, dann schüttelte sie den Kopf.

»Und Sie glauben mir, dass ich Ihre Tante nicht ausrauben will?«

Diesmal nickte sie sofort, was ihn erleichtert aufseufzen ließ. »Okay. Das ist gut.« Er streckte ihr die Hand hin. »Aber dann nennst du mich von jetzt an nicht mehr Mr Lewis. Ich bin Tom.«

»Lilly«, antwortete sie ein bisschen steif und legte ihre Hand zögernd in seine. Sein Griff war fest und warm und löste ein Kribbeln in ihrem Magen aus, deshalb zog sie ihre Hand schnell wieder zurück.

Sie war nicht sicher, ob dieser vorläufige Friedensschluss wirklich eine gute Sache war. Und sie hatte immer noch jede Menge Fragen. Aber sie beließ es bei einem Lächeln, weil etwas in ihr auch sehr froh darüber war, dass das Eis zwischen ihr und Tom gebrochen schien. Was hatte Emma noch gesagt? *Genieß einfach den Augenblick*. Dann würde sie das eben tun. Sie würde mit ihm auskommen, solange wie es dauerte, und sie würde sich nicht von seinem Charme beeindrucken lassen. Gar nicht. Überhaupt nicht. Nicht mal ein winziges bisschen. Das konnte so schwer doch nicht sein.

»Gut, dann bringen wir jetzt die Sachen ins ›King's Arms‹«, erklärte sie resolut. »Und dann fahren wir runter zum Marktplatz und helfen den Parkers beim Aufbau der Stände.«

Tom ließ den Motor wieder an. »Sehr wohl, Ma'am«, sagte er, und zum ersten Mal, seit sie sich kannten, entspannte Lilly sich und erwiderte sein Lächeln.

7

Skeptisch betrachtete Lilly die Holzwände, die vor ihr auf dem langen Anhänger standen.

»Wieso sind die noch nicht abgeladen?«, fragte sie Patrick Parker, der neben ihr stand.

Der große blonde Mann zuckte mit den Schultern. »Weil wir immer noch auf die Jungs warten, die Wallace vorbeischicken wollte«, erklärte er und wirkte sehr viel resignierter als noch am Morgen. »Wir haben auch nur zwei Hände, Lilly.«

»Natürlich«, versicherte sie ihm und hatte ein schlechtes Gewissen, weil ihre Frage so scharf und vorwurfsvoll geklungen hatte. Dabei waren sie nur dank der Hilfe von Patrick und seinem jüngeren Bruder James überhaupt schon ein bisschen weiter. Die beiden kräftigen jungen Männer, die eigentlich in dem kleinen Tischlereibetrieb im Ort arbeiteten, hatten sich extra freigenommen, um sich ganz dem Aufbau der Markthütten zu widmen, und da auch einige der Standbetreiber gekommen waren und mit anpacken wollten, war Lilly fest davon ausgegangen, dass das alles relativ schnell über die Bühne gehen würde. Gestern war das Schneetreiben jedoch so stark geworden, dass sie nicht wie geplant hatten anfangen können. Und heute kamen sie trotz des jetzt wieder klaren Himmels einfach nicht voran – was, wie Lilly sich eingestehen musste, nicht an den Leuten, sondern daran lag, dass sie selbst nicht recht wusste, wo sie anfangen sollte.

Während sie nach Carolines Vorgaben den Standplan erstellt hatte, war ihr das alles nicht so schwierig erschienen. Aber ein paar theoretische Bleistiftstriche und Nummern auf Papier waren eben doch nicht dasselbe, wie zwischen Bretterwänden, Bolzen, Schrauben und Kabeln zu stehen und zu versuchen, das alles praktisch umzusetzen. Durch die Arbeit in der Agentur war Lilly es zwar gewöhnt, Meetings zu leiten und Aufgaben zu koordinieren. Aber so chaotisch wie hier war es in ihrem Büro nie zugegangen, und im Moment hatte sie noch keine Möglichkeit gefunden, der Sache Herr zu werden. Deshalb standen bisher erst drei der über zwanzig benötigten Hütten, und auch die nur halb. Wenn das so weiterging, dann würden sie niemals rechtzeitig fertig werden.

»Soll ich mit dem Abladen schon mal anfangen?«, wollte Patrick wissen.

»Nein«, entschied Lilly. »Wir müssen erst die Hütten fertig bauen, die schon stehen. Könntest du dich mit James darum kümmern, bis die anderen Helfer kommen?«

Patrick nickte und zog los, während Lilly wieder auf ihr Klemmbrett mit der To-do-Liste starrte, die sie erstellt hatte. Viel Zeit blieb ihr dazu allerdings nicht, denn ihr Handy klingelte.

»Lilly, die Plakate wurden gerade geliefert«, berichtete Caroline aufgeregt. »Was müssen wir denn jetzt damit tun?«

Lilly seufzte und machte einen kleinen Haken hinter den Punkt *Plakate drucken lassen*. »Lass sie einfach liegen. Ich kümmere mich darum, dass sie verteilt werden.«

Sie beendete das Gespräch und winkte Emma zu sich herüber, die mit den Parker-Jungs und einer Gruppe von anderen Männern vor einer der halbfertigen Hütten stand.

»Die Plakate sind da und müssen aufgehängt werden. Würdest du damit schon mal anfangen?«, bat sie ihre Cousine.

»Okay.« Emma nickte zu den Männern hinüber. »Die Helfer sind jetzt übrigens da, und ich soll dir von Patrick ausrichten, dass sie auf deine Anweisungen warten.«

»Aha.« Lilly presste die Lippen zusammen und versuchte, sich ihren Ärger nicht anmerken zu lassen. Sie hatte Patrick erklärt, wie die Hütten zusammengebaut werden mussten, er hatte eine Kopie des Standplanes, und er war Handwerker – konnte er das denn nicht einfach selbst organisieren, anstatt sich auch in diesem Punkt auf sie zu verlassen? »Ich kümmere mich gleich darum.«

Sie verabschiedete sich von Emma, die sich auf den Weg in die Pension machte, und wollte gerade zu den Männern hinübergehen, als sie Tom entdeckte. Er stand ein paar Meter entfernt mit dem Rücken zu ihr und telefonierte mit jemandem.

Irritiert runzelte Lilly die Stirn, denn sie hatte ihn erst vor einer Stunde gebeten, noch mal loszufahren und einige Sachen zu holen, die sie für den Aufbau brauchten. Damit konnte er doch noch nicht fertig sein. Hatte er das vergessen?

Sie ging zu ihm, und während sie näher kam, hörte sie, was er sagte.

»Nein, schon in Ordnung. Hauptsache, es geht dir gut.« Seine Stimme klang besorgt. »Du weißt, dass ich sofort komme, falls du …«

Erschrocken fuhr er herum, als Lilly ihre Hand auf seinen Arm legte.

»Entschuldige, ich muss Schluss machen.« Er brach das Gespräch ab und schob das Handy zurück in seine Hemdtasche.

»Alles in Ordnung?«, erkundigte sich Lilly.

Er nickte, aber sein Lächeln wirkte ein bisschen gezwungen. »Was gibt es denn?«

Lilly überlegte, mit wem er wohl gesprochen hatte, deshalb brauchte sie einen Moment, bis ihr wieder einfiel, weshalb sie gekommen war.

»Wolltest du nicht die Kanthölzer holen, die noch fehlen?«

»Meinst du die?« Tom deutete auf seinen Lieferwagen, der am Rande des Marktplatzes geparkt war und aus dessen geöffneter Heckklappe einige Kanthölzer herausragten. »Ich lade sie gleich aus.«

»Oh. Ähm. Ja. Danke.« Lilly biss sich auf die Lippe und ärgerte sich darüber, dass sie überhaupt gefragt hatte. Wenn er eine Aufgabe übernahm, dann führte er sie auch aus, das wusste sie inzwischen. Wieso also konnte sie ihr Misstrauen ihm gegenüber nicht abstellen? Oder hatte sie nur nach einer Gelegenheit gesucht, mit ihm zu reden?

»Ich mach dann mal weiter.« Hastig wandte sie sich um und ging wieder, doch sie kam nicht weit. Denn schon nach wenigen Schritten stellte sich ihr plötzlich Jemima Olsen in den Weg.

Der Mittvierzigerin gehörte ein kleiner Esoterik-Laden in Barnbarrow, und sie liebte es, sich in kunterbunte Batiksachen zu kleiden – was, wie Lilly vermutete, zum Geschäftskonzept gehörte. Ein Zipfel des für sie typischen bunten Rocks lugte auch heute unter ihrem seegrünen Wollmantel mit dem breiten rosa-orangegestreiften Saum hervor. Aber sie lächelte nicht wie sonst ihr selig-entrücktes Lächeln, sondern wirkte sehr aufgebracht.

»So geht das nicht, Miss Holmes!«, erklärte sie und stemmte die Hände in die Hüften. »Ich bestehe darauf, dass Sie mir einen anderen Standort für meine Hütte geben.«

Lilly stöhnte innerlich, versuchte jedoch, freundlich zu bleiben. »Darüber haben wir doch schon gesprochen. Ich kann an dem Plan jetzt nichts mehr ändern.«

Das stimmte nicht ganz. Gekonnt hätte sie es schon, aber Lilly fand es unverschämt, dass Jemima, die sich erst vor zwei Tagen entschieden hatte, überhaupt einen Stand zu machen, jetzt schon zum dritten Mal versuchte, den besonders beliebten Platz neben dem Glühweinstand in der Mitte des Marktes zu bekommen. Den hatte Lilly jedoch schon anderweitig vergeben – auch wenn Jemima das partout nicht einsehen wollte.

»Natürlich kann das noch geändert werden. Das ist doch noch nicht in Stein gemeißelt«, beharrte Jemima. »Mein Stand ist viel zu weit am Rand. Da kommen meine Sachen gar nicht richtig zu Geltung. Und ich sehe absolut nicht ein, warum ausgerechnet ich …«

»Entschuldigen Sie.« Tom tauchte plötzlich neben ihnen auf und unterbrach sie, doch das schien Jemima nicht zu stören. Im Gegenteil.

»Mr Lewis! Wie schön, Sie zu sehen«, zirpte sie strahlend, und Lilly fiel wieder ein, dass die Ladenbesitzerin schon gestern bei ihrer ersten Begegnung mit Tom sichtlich angetan von ihm gewesen war. Offenbar gab es also noch mehr Frauen, die bei seinem Lächeln schwach wurden.

»Nennen Sie mich Tom«, bot er ihr an und streckte ihr die Hand hin, die sie sofort ergriff und ein bisschen länger festhielt als eigentlich nötig, während sie ihm verriet, dass sie Jemima hieß. Dann schien ihr jedoch wieder einzufallen, weshalb sie hier war, denn ihre Miene wurde ernst. »Ich sagte gerade zu Miss Holmes, dass ich …«

»Ich habe Ihre Bedenken wegen Ihres Standes gehört«, unterbrach Tom sie. »Aber ich muss gestehen, dass ich das nicht nachvollziehen kann. Ihre Hütte liegt direkt am Eingang zum Markt, Sie empfangen mit Ihren Angeboten die Besucher, wenn sie gerade neugierig ankommen und noch Lust haben, sich alles anzusehen. Und Sie sind auch die Letzte, an der die Leute vorbeikommen, bevor sie gehen, und wenn sie bis dahin nichts gefunden haben, werden sie bei Ihnen zuschlagen. Das kann doch für Ihr Geschäft nur gut sein.«

Von dieser Warte aus hatte Jemima ihren Standplatz offenbar noch nie betrachtet, denn sie wirkte verblüfft. »Meinen Sie?«

»Ja, absolut.« Tom nickte mit Nachdruck. »Ich glaube, Lilly hat Ihnen da einen großen Gefallen getan. Außerdem werden die Leute die Sachen, die Sie anbieten, auf jeden Fall interessant finden, egal wo Sie damit stehen.«

Er zwinkerte Lilly zu, ohne dass Jemima es sehen konnte, und Lilly schaffte es nur mühsam, nicht zu lächeln. Erst als Jemima – jetzt gar nicht mehr so unzufrieden mit der Position ihrer Hütte – wieder gegangen war, grinste sie Tom an.

»Beeindruckend, wie gut du Frauen um den kleinen Finger wickeln kannst«, meinte sie. »Oder stehst du tatsächlich auf Esoterik-Bücher und Traumfänger?«

Seine Augen funkelten amüsiert, als er sich zu ihr herunterbeugte. »Das ist eins meiner vielen Geheimnisse!« Ihre Blicke trafen sich, und Lilly hielt für einen Moment den Atem an.

»Ich bin dir jedenfalls dankbar«, erklärte sie und machte zur Sicherheit einen Schritt von ihm weg. »Diese Diskussion konnte ich nämlich wirklich nicht gebrauchen. Es ist auch so schon genug zu tun.«

Seufzend starrte sie auf das Klemmbrett mit der Liste und versuchte zu entscheiden, was sie als Nächstes angehen sollte. Tom stand immer noch neben ihr, und sie spürte, dass er sie ansah, deshalb hob sie den Kopf wieder.

»Du machst das toll, Lilly.« Er lächelte. »Ich weiß, wie schwer es ist, so eine große Veranstaltung zu organisieren, und soweit ich das sehe, hast du alles wunderbar im Griff.«

Das Kompliment klang so ehrlich, dass Lilly ganz warm wurde. Es stimmte nur leider nicht.

»Ich wünschte, das wäre so. Aber es brennt an allen Ecken und Enden, und ich habe das Gefühl, dass ich überhaupt nicht weiterkomme, weil ständig jemand etwas von mir will.«

»Lilly! Wir brauchen dich hier mal!« Wie um ihre Aussage zu bestätigen, winkte Patrick Parker sie zu sich herüber, und seiner ratlosen Miene nach zu urteilen, wusste er immer noch nicht recht, wie er beim Hüttenaufbau vorgehen sollte.

»Siehst du? So geht das schon die ganze Zeit«,

meinte sie seufzend und wollte sich auf den Weg zu Patrick und den anderen machen. Doch Tom hielt sie zurück.

»Ich übernehme das«, meinte er und deutete auf ihre Liste. »Dann hast du mehr Zeit für den Rest.«

»Okay. Das wäre toll … Danke!«, rief Lilly ihm nach, weil er schon auf dem Weg zu den Männern war. Er redete mit ihnen, und kurz darauf setzten sich alle in Bewegung und bauten weiter – so wie es aussah, nach Toms Anleitung.

Lilly blieb noch einen Moment stehen, weil es ihr schwerfiel, den Blick von ihm loszureißen.

Wieso musste er nur so nett sein? Je länger sie mit ihm zusammen war, desto schwerer fiel es ihr, ihn nicht zu mögen. Natürlich nur als Freund, versicherte sie sich hastig. Ein Freund konnte er doch sein, oder? Dagegen sprach nichts, auch wenn sie sich immer noch fragte, wer er eigentlich war. Und das Herzklopfen, das sie bekam, wenn sie ihm zu tief in die Augen sah, würde sie einfach ignorieren, beschloss sie und wandte sich wieder ihrer Liste zu.

8

So wird das alles nichts!« Lilly hob ihr Glas und trank einen großen Schluck von dem leckeren Glühwein, den Tilda Parker vor ihr auf die Theke gestellt hatte. Es war schon ihr vierter, und der warme Alkohol lief ihr angenehm sanft durch die Kehle, ließ ihre Wangen noch ein bisschen wärmer werden. Aber er vertrieb nicht die Sorge, die sie einfach nicht abschütteln konnte. »Wir brauchen eine zündende Idee, irgendetwas, um den Markt bekannter zu machen. Sonst war die ganze Mühe umsonst.«

Emma, die neben Lilly an der Theke im »Coach Pub« saß, drehte nur ratlos ihr Glühweinglas. »Und was? Wir haben doch schon alles gemacht, was man machen kann.«

Lilly schnaubte. »Plakate und Anzeigen in der Lokalpresse sind schön und gut. Aber damit werden wir nicht über die Grenzen von Barnbarrow hinaus wahrgenommen, und dann kommen zu wenige. Die Leute müssen von weiter her anreisen, es muss Ihnen ein Bedürfnis sein, den Markt zu besuchen, damit es sich lohnt. Und genau das fehlt uns: eine Attraktion, die die Besucher anlockt.«

Das war ihr schon länger klar, aber sie hatte in den letzten zwei Tagen so viel mit dem Aufbau der Stände und der restlichen Organisation zu tun gehabt, dass sie noch nicht dazu gekommen war, sich darüber wirklich Gedanken zu machen. Jetzt, am Abend vor der großen Eröffnung morgen, ließ sich die Angst, dass der Markt vielleicht nicht der erhoffte Erfolg werden würde, jedoch nicht mehr verdrängen.

»Wie wäre es denn mit diesem ›Rad des Schicksals‹, das Jemima machen möchte?«, mischte sich Tilda ein, die auf der anderen Seite der Bar stand und Bier zapfte. »Sie war gestern hier, und nach allem, was sie mir darüber erzählt hat, scheint das doch ganz spannend zu sein.«

Lilly, die gerade erneut von ihrem Glühwein trank, verschluckte sich bei dem Gedanken an diese »Attraktion« und hustete so schlimm, dass Emma ihr auf den Rücken klopfen musste.

»Ja, ich weiß«, sagte sie, als sie wieder sprechen konnte. »Aber das ist nicht ganz das, was ich meine. Außerdem hat es nichts mit Weihnachten zu tun, deshalb können wir damit unmöglich werben.«

Das hatte sie Jemima auch schon mehrfach zu erklären versucht, musste sich dann jedoch jedes Mal einen Vortrag darüber anhören, welch große Chance gerade die besinnliche Weihnachtszeit bot, um sein Innerstes zu erforschen. Jemima war der Meinung, dass man dafür unbedingt die Räucherkerzen, Windspiele und Traumfänger brauchte, die sie in ihrem Laden verkaufte. Deshalb waren genau diese Dinge die Preise bei der simplen Drehscheiben-Tombola, die sie an ihrem Stand aufbauen wollte und die den wohlklingenden Namen »Rad des Schicksals« trug. Die Tatsache, dass Lilly sich weigerte, diese Aktion in den Ankündigungen für den Markt auch nur zu erwähnen, ärgerte Jemima sehr, aber Lilly hatte nicht vor, daran etwas zu ändern.

»Oh, na ja, das ist natürlich wahr«, meinte Tilda und lächelte ihr immer gleiches freundliches Lächeln. Sie und ihr Mann Collin führten den »Coach Pub«, solange Lilly sich zurückerinnern konnte, und gerade Tilda war bekannt für ihre Hilfsbereitschaft und ihre Sanftmut. Deshalb war es vermutlich kein Wunder, dass Jemima Olsen ausgerechnet sie mit weiteren Beschreibungen ihres unsäglichen Tombola-Rads genervt hatte.

»Wenn diese alte Esoterik-Hexe glaubt, dass sie mich weichkochen kann, dann irrt sie sich gewaltig«, zischte Lilly Emma zu, als Tilda einen Moment später hinten in der Küche verschwand. »Und wenn sie mir das halbe Dorf auf den Hals hetzt – ich werde meine Meinung über dieses dämliche Schicksalsrad nicht ändern.«

»Oh, da ist aber jemand böse.« Emma stützte den Kopf auf und musterte Lilly mit einem Grinsen. »Dass du Jemima so wenig leiden kannst, hat nicht zufällig was damit zu tun, dass sie so viel mit Tom flirtet, oder?«

»Nein, natürlich nicht«, widersprach Lilly sofort, aber ihr Blick wanderte automatisch in die Dart-Ecke des Pubs, wo mehrere Männer um die Dartscheibe herumstanden, die an der holzvertäfelten Wand hing. Tom war dabei und bildete offenbar ein Team mit Patrick und James Parker, denn die beiden beglückwünschten ihn gerade zu einem besonders gelungenen Wurf. Sie schlugen ihm auf die Schulter, und er grinste sehr zufrieden, was das inzwischen schon fast vertraute Kribbeln in Lillys Magen auslöste.

Sie hatte sich wirklich alle Mühe gegeben, Abstand zu Tom zu halten und ihre jetzt eher freundschaftliche Beziehung als das zu sehen, was sie sein sollte: vorübergehend. Und sie hatte ihm auch keine weiteren Fragen gestellt. Aber das bedeutete leider nicht, dass sie nicht mehr über ihn nachdachte, im Gegenteil – sie tat inzwischen kaum noch etwas anderes. Was kein Wunder war, wenn man bedachte, wie viel Zeit sie in den letzten Tagen mit ihm verbracht hatte. Hand in Hand hatten sie gearbeitet, um den Markt auf die Beine zu stellen, und sie musste zugeben, dass es vor allem ihm zu verdanken war, dass sie rechtzeitig fertig geworden waren. Tom war vielleicht ohne Job und zog durch die Gegend, aber er war weder faul noch planlos, und er konnte sich durchsetzen. Den Aufbau der Stände zum Beispiel hatte er im Alleingang organisiert, hatte die Einsätze der Helfer koordiniert und dafür gesorgt, dass alles reibungslos lief, fast so, als sei er es gewohnt, Anweisungen zu geben. Und niemand stellte seine Rolle in Frage, die Leute hörten auf ihn, und er kam im Dorf gut an, auch – wie Lilly nicht entgangen war – bei den Damen. Vor allem Jemima Olsen hatte ganz eindeutig ein Auge auf ihn geworfen. Sie flirtete hemmungslos mit ihm, wann immer sie ihn traf, und ließ keinen Zweifel daran, dass sie trotz des Altersunterschieds einer Affäre nicht abgeneigt wäre. Was Lilly störte. Sehr sogar.

»Denkst du, er würde was mit ihr anfangen?«, fragte sie und erschrak darüber, dass sie ihre Sorge laut ausgesprochen hatte. Es musste am Glühwein liegen, der ihr langsam zu Kopf stieg und sie ehrlicher sein ließ, als sie eigentlich wollte. Aber Emma schien die Frage gar nicht so abwegig zu finden, denn sie blickte nachdenklich zu den Männern hinüber.

»Wenn du mich fragst, dann hat er eher Interesse an dir«, meinte sie, und als Lilly den Kopf umwandte, stellte sie fest, dass Tom zu ihnen herübersah. Als ihre Blicke sich begegneten, lächelte er, und Lilly erwiderte es kurz, bevor sie wieder in ihren Glühwein starrte.

»Unsinn«, meinte sie und versuchte, die Hoffnung nicht zuzulassen, die Emmas Worte in ihr weckten. Aber ganz unterdrücken konnte sie sie nicht. Egal, wie sehr sie es leugnete – irgendetwas an Tom Lewis zog sie wie magisch an. Aber sie wagte nicht daran zu glauben, dass es ihm vielleicht auch so ging. Es war besser, wenn sie darüber gar nicht erst nachdachte. Oder?

»Lass uns lieber über unser Problem reden«, meinte

sie, um von diesem Thema abzulenken. »Was können wir denn bloß tun, um die Leute auf unseren Markt zu locken?«

Für einen Moment schwiegen sie beide, dann deutete Emma auf die Dart spielenden Männer. »Wir könnten Tom zum Weihnachtsmann machen. Mit roter Zipfelmütze, Bart und offenem Hemd. Das wäre doch mal was anderes. Dann kämen die Leute wahrscheinlich in Scharen, und er hätte alle Hände voll zu tun mit den Wünschen, die die Damen ihm ins Ohr flüstern.« Amüsiert über ihre Idee kicherte sie und deutete auf die beiden Parker-Jungs, die auch durchaus ansehnlich waren. »Oder wir nehmen Patrick und James noch dazu und verkleiden sie als Heilige Drei Könige. Wenn sie als Gruppe durch die Dörfer ziehen und Werbung für den Markt machen, dann erregt das bestimmt jede Menge Aufmerksamkeit.«

Lilly runzelte die Stirn. Sie wusste, dass Emma nur scherzte, aber im Grunde war es der richtige Ansatz. Sie brauchten Aufmerksamkeit. Und der einfachste Weg, sie zu erzeugen, war der, mit Traditionen zu brechen und es anders zu machen als alle anderen. Das war einer der Grundsätze in der Werbung, den sie längst verinnerlicht hatte. Warum also nicht ein bisschen provozieren?

»Das ist es«, rief sie ein bisschen zu laut und grinste, als Emma sie erschrocken ansah. »Das machen wir!«

»Was?«, fragte Emma, sichtlich verwirrt. »Die Männer als Heilige Drei Könige verkleiden?«

»Nein.« Lilly schüttelte den Kopf. »Wir müssen etwas hier im Ort machen, eine Veranstaltung, die den Höhepunkt unseres Marktes bildet«, erklärte sie. »Es muss etwas sein, das lustig und gleichzeitig spannend ist und das die Leute neugierig macht. Etwas, das sie nicht verpassen wollen.« Sie überlegte einen Moment und versuchte, die Idee, die ihr gerade gekommen war, in Worte zu fassen. »Wir könnten eine Wahl veranstalten, so eine Art Misswahl, aber für Weihnachtsmänner. Alle Männer aus der Gegend können daran teilnehmen. Sie müssen Aufgaben erfüllen, irgendwas Lustiges, was zu Weihnachten gehört. Die Zuschauer sind die Jury, und am Ende gewinnt der, der den Gästen am besten gefällt.«

Emma runzelte die Stirn. »Und wird was? Mr Santa Claus vom Lake District?«

Lilly kicherte. »Nein, so tief stapeln wir nicht«, entschied sie. »Wenn wir das machen, dann ziehen wir das groß auf und suchen ...«, sie zögerte einen Moment, dann hob sie die Hände und schob sie auseinander, so als würde sie damit eine fette Überschrift nachfahren, »den ›Sexiest Santa Claus Alive‹!« Sie strahlte Emma an, und sie brachen beide in Gelächter aus.

»Du bist verrückt«, befand Emma. »So toll die Idee ist, das kriegst du niemals am Gemeinderat vorbei. Wenn die das Wort ›sexy‹ hören, flippen sie sofort aus, glaub mir.«

»Dann fragen wir sie eben nicht«, meinte Lilly, jetzt richtig in Fahrt. »Oder besser noch: Wir sorgen dafür, dass sie nichts dagegen haben *können,* indem wir eine Wohltätigkeitsveranstaltung daraus machen.« Sie grübelte kurz. »Wir küren nicht nur den schicksten Weihnachtsmann, sondern versteigern anschließend ein Date mit ihm. Wer immer am Ende am meisten bietet, dem gehört der schöne Santa für einen Abend. Natürlich ganz züchtig. Vielleicht ließe sich das ja mit einer großen Weihnachtsfeier nach der Wahl verbinden. Der Sieger darf dann nur mit der Frau tanzen, die ihn ersteigert hat oder so etwas. Und das Geld, das dabei zusammenkommt, spenden wir für einen guten Zweck.« Sie grinste. »Das wäre doch mal eine Story. Dafür würde sich bestimmt nicht nur die Lokalpresse interessieren, wenn wir das entsprechend ankündigen. Was meinst du?«

Emma meinte gar nichts, sondern starrte Lilly nur an. »Wow«, meinte sie dann. »Das ist zwar noch viel verrückter, aber ich glaube, so könnte es tatsächlich funktionieren.«

Lilly war sogar ganz sicher und sprach alles noch mal genauer mit Emma durch, während sie den Rest von ihrem Glühwein leerten. Mit dem letzten Schluck stießen sie auf den Erfolg ihrer Aktion an, dann schoben sie beide ihr Glas zu Tilda hinüber.

»Noch einen?«, fragte die Wirtin.

Lilly schüttelte den Kopf und hielt sich die Handrücken an ihre erhitzten Wangen.

»Besser nicht, ich glaube, ich habe schon viel zu viel davon getrunken.«

Sie hatte ewig keinen Glühwein mehr gehabt, und er war wirklich lecker gewesen, aber jetzt merkte sie, dass die Mischung aus warmem Alkohol und Zucker wirklich sehr schnell ins Blut ging.

Emma, deren Wangen auch rot leuchteten, wollte etwas erwidern, doch sie kam nicht dazu, weil in diesem Moment Patrick Parker hinter sie trat und ihr den Arm um die Schultern legte.

»Hey, Ladys, wie wär's mit einer Partie Dart?«, meinte er, und Lillys Herz schlug ein bisschen schneller, als sich auch sein Bruder James und Tom zu ihnen gesellten.

»Ja, warum nicht? Ich weiß zwar nicht, wie gut ich nach dem ganzen Glühwein noch treffe, aber versuchen wir's«, erwiderte Emma lachend und rutschte von ihrem Barhocker herunter.

Lilly wollte es ihr gleichtun, doch sobald ihre Füße den Boden berührten, knickte sie einfach weg. Tom, der direkt neben ihr stand, fing sie auf, und ehe sie sich versah, lehnte sie schon wieder an seiner breiten Brust und sah erschrocken zu ihm auf.

9

Das wird noch zur Gewohnheit, was?« Tom lächelte dieses verdammte Grübchen-Lächeln, das Lillys Knie auch nicht standhafter machte, und half ihr wieder auf. Aber sie musste sich am Barhocker festhalten, weil sich für einen Moment alles um sie herum drehte. Gott, wie peinlich, dachte sie, als ihr klar wurde, dass sie mehr als nur ein bisschen beschwipst war. Das war ihr ewig nicht passiert, und sie wünschte plötzlich, Tilda Parkers Glühwein hätte nicht so ausgesprochen gut geschmeckt.

»Ich glaube, ich muss passen«, gestand sie und zuckte unglücklich mit den Schultern. »Spielt alleine, ja? Ich gehe lieber zurück in die Pension und lege mich hin.« Sie suchte nach ihrer Tasche, doch dann fiel ihr wieder ein, dass sie direkt nach den letzten Aufbauarbeiten hergekommen war und gar keine dabeihatte. »Kannst du meine Getränke anschreiben, Tilda?«

»Die gehen aufs Haus«, erklärte die Wirtin, fast ein bisschen entrüstet, und sah auch Emma an. »Das ist doch das Mindeste nach allem, was ihr in den letzten Tagen geleistet habt.« Dann wandte sie sich an ihre Söhne und Tom. »Das gilt auch für euch«, fügte sie hinzu und hob fragend die Augenbrauen. »Noch ein Bier für alle?«

Patrick und James nickten begeistert, doch Tom, der zur Garderobe gegangen war und jetzt mit zwei Jacken auf dem Arm zurückkehrte, lehnte ab. »Ich begleite Lilly besser.«

»Was?« Lillys Hirn funktionierte langsamer als sonst, deshalb begriff sie erst, als sie sah, dass Tom sich seine Jacke anzog und ihr ihre hinhielt, was er gemeint hatte. Sie wollte protestieren, aber Emma kam ihr zuvor.

»Gute Idee«, befand sie mit diesem entschiedenen Tonfall, der dem ihrer Mutter so ähnlich war. »Sie sollte wirklich nicht alleine gehen.«

Dass ausgerechnet Tom den Bewacher spielen würde, schien ihr sehr gut zu gefallen, denn sie rief ihnen mit einem breiten Grinsen noch ein »Bis morgen!« nach, während sie Patrick und James in die Dart-Ecke folgte.

»Wollen wir dann?«, fragte Tom, und Lilly merkte verspätet, dass er immer noch ihre Jacke hielt. Sie ließ sich von ihm hineinhelfen und wollte zum Ausgang gehen. Das war jedoch noch schwieriger als das Stehen, und sie war froh, als Tom sie nach ein paar Schritten unterhakte. Gemeinsam verließen sie den »Coach Pub« und traten in die Kälte hinaus, die Lilly nach dem langen Aufenthalt in dem kuschelig warmen Schankraum besonders beißend vorkam. Aber die eisige Luft machte ihren Kopf auch ein bisschen klarer, und sie atmete tief durch. Was Tom leise lachen ließ.

»Schmeckt gut, der Glühwein, hm?«, meinte er, als sie überrascht zu ihm aufsah. Seine Augen funkelten belustigt.

»Viel zu gut«, erwiderte sie zerknirscht. »Das hätte ich nicht tun sollen. Morgen ist doch die Eröffnung!«

»Aber erst am Nachmittag.« Tom löste sich von ihr, und Lilly erschrak ein bisschen. Es war sehr angenehm gewesen, von ihm gestützt zu werden, und sie fühlte sich plötzlich sehr allein. Aber nur für einen kurzen Augenblick, denn statt sie weiter unterzuhaken, legte er jetzt den Arm um ihre Schultern – was ihr noch viel besser gefiel. Natürlich nur, weil sie dadurch gerader gehen konnte, versicherte sie sich hastig, lehnte aber trotzdem den Kopf an seine Schulter. Sie war schließlich beschwipst, da durfte man auch mal unvernünftige Dinge tun.

»Denkst du, der Markt wird ein Erfolg werden?«, fragte sie, während sie durch die noch geschlossene Budengasse gingen, in denen ab morgen viele bunte Weihnachtssachen zum Verkauf angeboten werden würden. Es war zwar alles vorbereitet, aber die Nervosität, die sie gerade so viel hatte trinken lassen, ließ sie einfach nicht los. Und dabei ging es ihr gar nicht um sich. Es war eher ihre Tante, um die sie sich sorgte. »Ich glaube, Caroline wäre sehr unglücklich, wenn es nicht klappt.«

»Das wird schon.« Toms Antwort machte Lilly klar, dass sie den letzten Satz laut gesagt hatte, ohne es zu wollen. Und damit hatte sie offenbar sein Interesse geweckt. »Wie ist deine Tante eigentlich auf die Idee gekommen? Warum ausgerechnet ein Weihnachtsmarkt nach deutscher Tradition? Gibt es dafür einen besonderen Grund?«

»Das hat sie dir noch nicht erzählt?«, fragte Lilly, und als er den Kopf schüttelte, überlegte sie einen Moment, ob sie es dann tun sollte. Aber eigentlich war es kein Geheimnis, deshalb zuckte sie mit den Schultern. »Caroline hat als junges Mädchen mal eine Weile in Deutschland gelebt. In Nürnberg, du weißt schon, die Stadt mit dem berühmten Christkindlesmarkt. Es waren nur drei Monate, aber ich glaube, sie fand diese Zeit sehr beeindruckend. Deshalb lag die Idee wahrscheinlich nahe.«

Tom schien das als Information nicht zu reichen. »Und was war so beeindruckend?«

Lilly lächelte. »Dass sie dort ihre erste große Liebe erlebt hat. Sie lernte ihn auf dem Christkindlesmarkt kennen, ein paar Tage vor ihrer Abreise. Er war Engländer wie sie, und es hat sofort zwischen ihnen gefunkt. Richtig romantisch muss es gewesen sein, denn sie schwärmt heute immer noch davon. Aber es gab leider kein Happy End. Er hatte versprochen, sich bei ihr zu melden, aber nach ihrer Rückkehr nach England hat Caroline nie wieder etwas von ihm gehört. Vergessen hat sie diese Zeit trotzdem nie, genauso wenig wie den

Christkindlesmarkt. Na ja, und als es jetzt darum ging, eine winterliche Attraktion für Barnbarrow zu finden, kam ihr eben die Idee, hier auch so etwas zu veranstalten. So hat sie es mir jedenfalls erzählt.«

»Aha.« Die sentimentale Begründung schien Tom zu überraschen. »Aber sie war doch später verheiratet, oder nicht?«

»Ja, mit Emmas Vater«, erklärte Lilly. »Johns Familie gehörte das ›King's Arms‹, und die beiden führten die Pension zusammen, bis er nach ein paar Jahren ganz plötzlich starb. Seitdem managt Caroline alles allein.«

»Aha«, sagte Tom wieder, und es klang fast ein bisschen geschäftsmäßig, so als würde er das als Information abhaken. »Und hat es danach noch andere Männer in ihrem Leben gegeben?«

»Nein. Jedenfalls nichts Langfristiges.« Lillys Hirn war immer noch sehr vernebelt vom Alkohol, aber sie hatte das Gefühl, dass er sich ein bisschen zu viel für Caroline interessierte. »Warum willst du das alles wissen?«

»Nur so«, meinte er, wieder eher beiläufig, vielleicht weil ihm klar geworden war, dass er gerade das gemacht hatte, was er Lilly so gerne verbat. Doch es war zu spät, denn ihre Neugier war geweckt. Wenn er so viele Fragen stellen durfte, dann konnte er doch nichts dagegen haben, wenn sie das auch tat.

»Wie ist es eigentlich bei dir? Bist du …«

Erschrocken brach sie ab, als ihr klar wurde, dass sie ihn nicht fragen sollte, ob er in einer Beziehung war.

Nicht, wenn sie gerade Arm in Arm mit ihm die Straße hinaufging. Er war sicher nicht gebunden – welche Frau würde ihn schließlich monatelang herumziehen lassen? Und falls doch, wollte Lilly es jetzt gerade nicht wissen, deshalb bog sie ihre Frage noch mal herum.

»Ich meine, sind deine Eltern noch zusammen?«

Tom sah sie an und zögerte, schien abzuwägen, ob er antworten sollte, und für einen Moment befürchtete Lilly, dass er es wie immer nicht tun würde. Doch dann zuckte er mit den Schultern.

»Nein. Sie sind geschieden«, erklärte er und lächelte, als er ihren betroffenen Blick sah. »Keine Sorge. Erstens ist es schon eine Ewigkeit her, und zweitens war es die wahrscheinlich friedlichste Trennung aller Zeiten. Die beiden haben einfach nicht zueinander gepasst, und das haben sie irgendwann eingesehen und einen sauberen Schlussstrich gezogen.«

»Klingt sehr klinisch«, meinte Lilly skeptisch, weil sie sich nicht vorstellen konnte, dass Tom das nicht in irgendeiner Form mitgenommen hatte. Doch in seinem Gesicht sah sie kein Anzeichen dafür, dass er die Sache herunterspielte.

»Mag sein.« Er zuckte mit den Schultern. »Aber es findet eben nicht jeder die große Liebe.«

Im Licht der Laterne konnte Lilly den Ausdruck in seinen Augen nicht genau erkennen, nur, dass sie jetzt dunkler wirkten.

»Dann glaubst du nicht dran? An die große Liebe, meine ich?«

»Ich weiß nicht«, antwortete er. »Tust du es?«

Lilly schluckte. Nein, wollte sie sagen. Aber das klang so unglaublich trostlos, und im Grunde ihres Herzens hatte sie die Hoffnung noch nicht aufgegeben, dass sie vielleicht doch eines Tages den Richtigen treffen würde, den, bei dem alles passte. Nur kam es ihr nicht mehr wahrscheinlich vor nach ihrer letzten Erfahrung. Und dieses Thema ausgerechnet mit Tom Lewis zu diskutieren war sowieso keine gute Idee.

»Darüber denke ich erst wieder nach, wenn ich nüchtern bin«, meinte sie ausweichend, froh darüber, dass sie den Hof der Pension erreicht hatten.

Wie immer, wenn sie abends hier ankam, bewunderte Lilly die Kaskaden von Lichterketten, die Tom an der Fassade des Hauses und an den angrenzenden Schuppen angebracht hatte. Sie tauchten den gesamten Hof in ein einladendes warmweißes Licht. Der Rest des Hauses lag im Dunkeln, aber das war auch kein Wunder, schließlich musste es jetzt schon fast Mitternacht sein. Die anderen Gäste schliefen sicher schon, und auch die Haustür war um diese Zeit schon abgeschlossen, deshalb löste Tom seinen Arm von Lillys Schulter und suchte in seinen Taschen nach dem Schlüssel. Sofort fehlte Lilly die Wärme seiner Umarmung, und ihr wurde bewusst, wie sehr sie seine Nähe genossen hatte. Fröstelnd wartete sie, bis er die Tür aufgeschlossen hatte, und folgte ihm dann in den Empfangsraum, ein bisschen traurig darüber, dass ihr Spaziergang vorbei war und sie sich trennen mussten. Toms Zimmer lag nämlich im Erdgeschoss, ihres dagegen oben im ersten Stock.

»Tja, dann. Vielen Dank, dass du mich begleitet hast.«

Sie zögerte, weil sie eigentlich noch gar nicht gehen wollte und weil sie überlegte, wie sie sich verabschieden sollte. Ihm die Hand zu geben fand sie viel zu steif, nachdem sie gerade erst so vertraut miteinander umgegangen waren, und der Alkohol machte sie mutig. Deshalb umarmte sie ihn und genoss es, noch einmal von ihm gehalten zu werden. Sie hätte ewig so stehen können, doch sie wusste, dass sie vernünftig sein musste, deshalb ließ sie ihn wieder los, trat ein Stück zurück – und bemerkte etwas, das ihr Herz schneller schlagen ließ.

»Oh, schau.« Sie deutete nach oben. »Wir stehen unter dem Mistelzweig.«

Tom sah zur Decke, dann richtete er den Blick wieder auf sie, und der Ausdruck in seinen Augen schickte Lillys Magen auf Talfahrt.

»Dann sollten wir uns wohl küssen.«

Lilly schluckte. »Das müssen wir sogar«, erklärte sie ein bisschen atemlos. »Es bringt Unglück, die Tradition zu brechen.«

Tom erwiderte nichts, sondern zog sie wieder an sich und beugte sich zu ihr herunter. Und dann lagen seine Lippen auf ihren, fest und gleichzeitig sanft. Es war nur ein kurzer Kuss, der viel zu schnell wieder vorbei war, aber er hallte in Lilly nach, ließ einen angenehmen Schauer durch ihren Körper rieseln.

Ganz sicher lag es nur daran, dass sie so herrlich beschwipst war, aber sie wollte noch nicht aufhören. Deshalb stellte sie sich auf Zehenspitzen, schlang die Arme um Toms Hals und küsste ihn noch mal. Nur noch ein Mal, dachte sie. Ein einziges Mal, weil es so schön war.

Tom stand einen Moment lang still da, offenbar überrascht über ihre Initiative. Aber nur einen Herzschlag lang. Dann schloss er die Arme fest um sie und zog sie ganz eng an sich, was Lilly aufseufzen ließ. Sie schob die Hände in sein Haar, das sich herrlich weich anfühlte, und öffnete willig ihre Lippen, als er seinen Kuss vertiefte.

Es lag jetzt nichts Sanftes mehr darin, sondern eine leidenschaftliche Forderung, die jeden zusammenhängenden Gedanken aus ihrem Hirn löschte. Sie nahm nur noch ihn wahr, spürte seine Hände auf ihrem Körper, schmeckte ihn in ihrem Mund und atmete seinen unverwechselbar männlich-herben Duft ein, der sie ganz schwach machte.

Sie brauchte mehr von ihm, konnte überhaupt nicht genug bekommen, deshalb klammerte sie sich an ihn und ließ sich auf dem schwerelosen Gefühl treiben, das sie erfüllte. Bis er sich plötzlich von ihr löste und sie ein Stück von sich wegschob. Er atmete schwer, genau wie Lilly, und der Ausdruck in seinen Augen war dunkel.

»Ich bringe dich jetzt besser rauf in dein Zimmer«, erklärte er, was Lilly einen Moment lang für eine ausgezeichnete Idee hielt. Bis sie an seiner Miene erkannte, dass er damit nicht meinte, dass er mit hineinkommen würde. Er wollte nur einfach nicht mehr weitermachen.

Lilly wurde eiskalt, und sie fühlte sich schlagartig ernüchtert. Oh Gott, was hatte sie sich bloß dabei gedacht, sich so in diesem Kuss zu verlieren? Was musste er jetzt von ihr denken? Oder schlimmer noch: Hatte er aufgehört, sie zu küssen, weil es ihm nicht so gut gefallen hatte wie ihr?

Du kannst einen Mann nicht auf Dauer fesseln, Lilly. Phils gehässige Worte hallten durch ihren Kopf und breiteten sich wie Gift in ihr aus, während sie hastig zwei Schritte nach hinten machte und den Abstand zu Tom vergrößerte.

»Schon gut.« Ihre Stimme zitterte, und sie kämpfte auf einmal mit den Tränen. »Das … schaffe ich schon allein.«

Etwas ungelenk drehte sie sich um und lief – für ihren Zustand erstaunlich gerade und schnell – die Treppe hinauf.

»Lilly!«, rief Tom ihr hinterher, aber sie drehte sich nicht mehr um, sondern floh mit immer noch wild klopfendem Herzen und einem dicken Kloß im Hals in ihr Zimmer.

* * * * *

»Verdammt!« Tom ballte die Hände zu Fäusten und blickte immer noch die Treppe hinauf, obwohl Lilly längst oben im Flur verschwunden war. Sie hatte so unglücklich und enttäuscht ausgesehen, und er war sehr versucht, ihr nachzulaufen. Aber wenn er ihr noch mal zu nahe kam, konnte er für nichts garantieren, und er wollte nicht ausnutzen, dass sie angetrunken war.

Hatte sie sich deshalb so hingebungsvoll in seine Arme geschmiegt – oder galt das Strahlen, das er in ihren Augen gesehen hatte, wirklich ihm? Der Gedanke, dass sie vielleicht mehr für ihn empfand, war berauschend, und er konnte sich nicht erinnern, wann es ihm zuletzt so schwergefallen war, einen Kuss wieder zu beenden. Er hätte verdammt viel dafür gegeben, einfach weiterzumachen. Nur leider war das alles nicht so einfach.

Mit einem tiefen Seufzen wandte er sich ab und ging die wenigen Schritte in den kleinen Flur zu seiner Linken, der zu seinem Zimmer führte. Der Raum war recht groß und gemütlich eingerichtet, aber Tom hatte im Moment keinen Blick dafür, sondern starrte nur auf das Weihnachtsgesteck auf dem kleinen Schreibtisch, von dem er wusste, dass es von Lilly stammte.

Sie hatte keine Ahnung, wer er wirklich war und auf was sie sich einließ, wenn sie diese Sache, die sie angefangen hatten, weiter vertieften. Er musste es ihr sagen, aber damit würde er vermutlich alles ruinieren. Nachdem er sämtliche ihrer neugierigen Fragen abgewimmelt hatte, würde sie ihm sicher nicht verzeihen, dass er nicht von Anfang an die Wahrheit gesagt hatte, von Caroline und den anderen ganz zu schweigen. Das war nicht der Plan gewesen – aber eigentlich hatte er ja auch gar keinen gehabt. Er hatte nur kurz hier vorbeifahren und sich alles ansehen wollen. Sich persönlich derart zu engagieren war nicht vorgesehen gewesen, und dass er einer Frau begegnete, die ihn so beschäftigte wie Lilly, schon gar nicht.

Missmutig zog er seine Jacke aus und hängte sie an den Haken hinter der Tür, dann setzte er sich aufs Bett und starrte ins Leere.

Das hast du ganz schön verkorkst, schalt er sich selbst. Und er hatte keine Ahnung, wie er das wieder in Ordnung bringen sollte.

Ein Summton riss Tom aus seinen Gedanken, und als er realisierte, dass es sein Handy war, das noch in seiner Jackentasche steckte, stand er auf und holte es heraus.

Es war eine weitere Nachricht von Pippa, und sosehr es ihm auch widerstrebte, er würde sich wohl oder übel bei ihr melden und ihr endlich erzählen müssen, was er herausgefunden hatte. Mit einem tiefen Seufzen drückte er auf die Rückruftaste und wartete darauf, dass der Anruf durchging.

»Hier ist Tom«, sagte er, als sie sich meldete, und zögerte nur einen ganz kurzen Moment. »Es gibt Neuigkeiten.«

10

Das kommt überhaupt nicht in Frage!« George Hillard war von seinem Stuhl aufgesprungen und funkelte Lilly wütend an. »Wir machen uns und den Ort lächerlich mit so einer Veranstaltung, und das werde ich auf gar keinen Fall zulassen.«

Im Gemeindesaal brach lautes Gemurmel aus, und Caroline, die neben Lilly vorne auf der Bühne an einem Tisch saß, musste mehrfach um Ruhe bitten.

Die Leute waren sehr viel zahlreicher zu der kurzfristig einberufenen Gemeindeversammlung erschienen, als sie erwartet hatten, und das Thema erhitzte die Gemüter deutlich. Allerdings waren nicht alle gegen Lillys Idee mit der Santa-Claus-Wahl. Viele fanden es durchaus interessant, und andere zeigten sich richtig begeistert. George Hillard, dem das noble »Lakeside Inn« gehörte, wetterte jedoch schon die ganze Zeit dagegen, und da er im Dorf durchaus einflussreiche Freunde hatte, die auf seiner Seite waren, diskutierten sie jetzt schon seit einer Dreiviertelstunde, ohne zu einem Ergebnis zu kommen.

»Wie ich schon mehrfach betont habe, ist es lediglich eine symbolische Versteigerung, Mr Hillard«, erwiderte Lilly, die langsam die Geduld verlor. »Wir suchen zwar den ›Sexiest Santa Claus Alive‹, aber das ist nicht so ernst gemeint. Es können alle Männer daran teilnehmen, die Lust haben, bei diesem Spaß mitzumachen, und an die spätere Ersteigerung sind keine Bedingungen geknüpft, die irgendwie verwerflich wären.«

Tatsächlich gab es nur eine einzige: die Sieger – sie hatten beschlossen, dass es auch noch einen zweiten und einen dritten Platz geben würde – mussten mit demjenigen, der das meiste Geld für sie bot, den Abend auf der Weihnachtsfeier verbringen, die im Anschluss an die Wahl stattfinden sollte. Es ging um ein paar Tänze und um ein, zwei Stunden harmloses Beisammensein, und wenn es gut lief, würde dabei ein stattliches Sümmchen zusammenkommen, das die Kirche in Barnbarrow für eines ihrer sozialen Projekte verwenden sollte. Genau das hatte Lilly George Hillard schon mehrfach ausführlich erklärt. Aber er war trotzdem dagegen.

»Oh doch, es ist sogar in höchstem Maße unmoralisch, Männer zu versteigern. Von den Spielchen, die sie vorher überstehen müssen, ganz zu schweigen«, beharrte er, und die Männerriege, die um ihn herumsaß, nickte zustimmend. Das taten sie schon die ganze Zeit, während auf der anderen Seite des Saales, auf der der Anteil der Frauen höher war, Protestrufe laut wurden.

»So ein Unsinn.« Tilda Parker erhob sich ebenfalls. Von ihrer üblichen Sanftmut war jetzt nichts zu spüren, denn sie funkelte George Hillard wütend an. »Das sagst du doch nur, weil dir der gesamte Weihnachtsmarkt ein Dorn im Auge ist. Dabei ist es doch auch für deine Gäste eine willkommene Abwechslung vom täglichen Luxus-Einerlei. Wieso gönnst du ihnen den Spaß denn nicht?«

»Also, das ist doch ...« Hillard schienen für einen Moment die Worte zu fehlen.

»Tilda hat recht!« Auch Jemima Olsen stand von ihrem Platz auf und blickte in die Runde. »Was ist schlimm daran, neue Wege zu gehen? Genau darauf kommt es doch an im Leben.« Sie machte eine weit ausholende Geste. »Wir müssen uns ständig hinterfragen und versuchen, die Zeichen zu erkunden, die uns das Universum sendet. Nur dann werden wir ...«

»Danke für deine Ausführungen, Jemima«, unterbrach Caroline den Redeschwall der Ladenbesitzerin. »Aber ich glaube, deine Vorrednerin war noch nicht ganz fertig. Nicht wahr, Tilda?«

Beleidigt über die Unterbrechung sank Jemima zurück auf ihren Stuhl, und das Aufatmen der Anwesenden war nicht zu überhören. Alle blickten jetzt wieder Tilda an, die tatsächlich noch etwas zu sagen hatte.

»Es war so viel Arbeit, den Markt zu organisieren und aufzubauen, wieso sollen wir die Chance nicht nutzen, ihn und damit auch unseren Ort bekannter zu machen? Ich finde Lillys Idee jedenfalls großartig – und meine beiden Jungs sind bei der Wahl ganz sicher dabei!«

Tildas Worte sorgten für lauten Beifall, und es gab noch mehr Zwischenrufe, auf die Hillard erbost etwas erwiderte. Doch Lilly verfolgte das alles nur noch mit einem Ohr, weil sich die Tür am Ende des Saals geöffnet hatte und Tom hereinkam. Er suchte sich keinen Sitzplatz, sondern blieb hinten, lehnte sich mit vor der Brust verschränkten Armen gegen die Wand dicht neben der Tür. Lilly konnte den Ausdruck in seinen Augen auf die Entfernung nicht erkennen, aber allein die Tatsache, dass er sie ansah, reichte aus, um ihren Herzschlag gefährlich aus dem Rhythmus zu bringen.

Seit ihrem Kuss vor zwei Tagen war sie ihm konsequent aus dem Weg gegangen und hatte seine Versuche, mit ihr zu reden, jedes Mal abgeblockt. Was gab es da auch noch zu besprechen? Sie waren sich kurz nähergekommen, dann hatte er das wieder beendet, und nach einer mehr oder weniger schlaflosen Nacht war Lilly zu dem Schluss gekommen, dass Phil recht hatte. Sie war offensichtlich zu langweilig, um einen Mann dauerhaft für sich zu interessieren – und das wollte sie auf keinen Fall auch noch mal von Tom hören.

Aber als sein Auto heute Mittag plötzlich verschwunden gewesen war und ihr keiner hatte sagen können, wo er war, hatte es sie trotzdem sehr getroffen. Sie war davon ausgegangen, dass er abgereist war, und ihn jetzt zu sehen löste eine Welle der Erleichterung in ihr aus – die sie sofort wieder unterdrückte. Dann war er eben noch nicht gefahren. Letztlich machte das keinen Unterschied …

Caroline klatschte neben Lilly laut in die Hände. »Ich denke, wir haben das jetzt genug diskutiert – jetzt stimmen wir ab«, erklärte sie resolut und bat alle, sich wieder zu setzen. »Wer ist dafür, dass wir die Santa-Claus-Wahl am Samstag vor dem vierten Advent hier im Gemeindesaal abhalten?«

Lilly hielt den Atem an und stieß ihn dann erleichtert wieder aus, als sie sah, dass eine überwiegende Mehrheit die Arme hob.

»Und die Gegenprobe: Wer ist dagegen?«, wollte Caroline wissen und lächelte zufrieden, als nur die Gruppe um George Hillard sich meldete. »Ich denke, das war eindeutig«, verkündete sie und löste die Versammlung auf.

Sofort stürmten mehrere Frauen zu ihnen nach vorn, um Lilly zu gratulieren. Sie stellten ihr außerdem jede Menge Fragen, so dass sie keine Zeit hatte, darauf zu achten, ob Tom noch da war. Erst als Caroline und fast alle anderen bereits gegangen waren und nur noch einige wenige Helfer zurückblieben, um den Saal aufzuräumen, wagte Lilly es, wieder zu dem Platz neben der Tür zu sehen. Er war leer, und genauso fühlte sie sich plötzlich. Herrgott, jetzt reiß dich zusammen, ermahnte sie sich, während sie zusammen mit den anderen die Stühle wieder zurechtrückte. Es ist doch gut, wenn er weg ist. Er konnte bleiben, wo der Pfeffer wächst. Wahrscheinlich stammte er da sowieso her, dieser elende Geheimniskrämer …

»Lilly?«

Sie fuhr herum und prallte fast gegen Tom, der dicht hinter ihr stand. Sofort machte sie einen Schritt zurück und lief vor einen der Stühle. Das laut scharrende Geräusch der Stuhlbeine, die über den Laminatboden schrammten, ließ alle anderen, die noch im Saal waren, in ihre Richtung schauen. Lilly spürte, wie ihre Wangen heiß wurden.

»Was ist denn?«, fragte sie kurz angebunden und wünschte sich, dass Tom wieder verschwand. Oder dass er sie wenigstens nicht mehr so ansah. So als wüsste er ganz genau, was in ihr vorging.

»Ich muss mit dir sprechen«, erklärte er, doch sie schüttelte sofort den Kopf.

»Das geht nicht. Ich habe keine Zeit. Ich muss rüber zum Markt und Ruth am Stand helfen.«

»Dann begleite ich dich«, verkündete er, offenbar entschlossen, sich diesmal nicht abwimmeln zu lassen, und folgte ihr nach draußen in das kleine Foyer. Lilly schaffte es, ihre Jacke zu holen und anzuziehen, bevor er ihr dabei helfen konnte, aber kurz bevor sie den Ausgang erreichte, wurde ihr klar, dass sie diesem Gespräch nicht ewig ausweichen konnte, sosehr sie sich das auch wünschte. Also brachte sie es besser hinter sich, denn hier waren sie – für den Moment – wenigstens allein. Deshalb blieb sie stehen und drehte sich zu ihm um.

»Es gibt nichts zu reden, Tom.« Ihre Stimme klang belegt, aber zum Glück sehr bestimmt. »Ich war ziemlich betrunken, und ich hätte dich nicht küssen dürfen. Ich wollte das eigentlich gar nicht, und es kommt nicht mehr vor, also können wir jetzt wieder zur Tagesordnung …«

Tom griff nach ihr, und ehe Lilly sich versah, lehnte sie mit dem Rücken an der Wand der Garderobe. Er stützte seine Arme rechts und links von ihr auf.

»Aber ich wollte es, Lilly«, stellte er klar. »Und es ist mir verdammt schwergefallen, wieder aufzuhören. Ich habe es nur gemacht, weil du nicht mehr nüchtern warst und ich Angst hatte, dass du es bereuen könntest, wenn du es wieder bist.« Er schüttelte den Kopf. »Ich wollte das Richtige tun, aber es war offenbar das Falsche, und das tut mir leid.«

Lilly schluckte schwer, während sie in seine Augen starrte, in denen so viel Leidenschaft lag, dass ihre Knie ganz weich wurden.

»Du … wolltest mich küssen?«

Er nickte, und sein Blick wanderte zu ihren Lippen.

»Das will ich immer noch.«

Ich auch, dachte Lilly. Gott, sie wollte das so unglaublich gerne. Aber sie hatte auch schreckliche Angst, wieder verletzt zu werden, deshalb schlüpfte sie zwischen seinen Armen durch.

»Das solltest du aber nicht«, sagte sie und brachte Abstand zwischen sich und ihn. Was jedoch nichts an dem Ziehen in ihrer Brust änderte. Flehend sah sie ihn an und hoffte, dass er akzeptieren würde, wo ihre Grenzen lagen. »Du hast recht. Wir würden das bereuen.«

Für eine flüchtige Affäre – mehr konnte das zwischen ihnen letztlich nicht sein – war sie einfach nicht geschaffen, das wusste Lilly. Wenn sie sich auf jemanden einließ, dann richtig. Und sie empfand jetzt schon viel zu viel für Tom, obwohl es gar keinen Sinn hatte. Sein Interesse an ihr war sicher nur flüchtig, und sie mussten es wirklich nicht noch schlimmer machen.

Er seufzte und nickte, obwohl es ihm sichtlich schwerfiel.

»Vielleicht«, sagte er, und Lillys Herz schlug sofort wieder schneller, als er auf sie zukam. Doch er hielt ihr nur die Tür auf, um ihr den Vortritt nach draußen zu lassen.

Es war inzwischen schon kurz nach fünf, weil die Sitzung so lange gedauert hatte, aber in der beginnenden Dunkelheit kamen die Lichter der Marktstände, die alle noch anderthalb Stunden lang geöffnet sein würden, erst wirklich zur Geltung. Der Schnee, der seit Tagen immer wieder fiel und tatsächlich auch mal länger liegen blieb, tat ein Übriges, um für die fast perfekte Weihnachtsmarktstimmung zu sorgen. Nur die Besucher fehlten. Zwar waren heute schon mehr gekommen als gestern, und in den Gängen sah man durchaus Leute entlangschlendern. Aber für Lilly reichte das noch lange nicht, und sie hoffte sehr, dass die soeben beschlossene Santa-Claus-Wahl den gewünschten Effekt haben würde. Mit den richtigen Teilnehmern auf jeden Fall, dachte sie und warf Tom, der die ganze Zeit neben ihr ging, einen Blick zu.

Hatte er ihr Nein akzeptiert? Und wenn er es hatte, fand sie das dann wirklich gut? Das schale Gefühl der

Enttäuschung darüber, dass er nicht nachgehakt hatte, wollte nicht aus ihrer Brust weichen, und sie stöhnte innerlich auf, weil sie selbst nicht mehr fand, dass ihr Denken und Fühlen einen Sinn ergab.

»Wo warst du heute Morgen eigentlich?«, wollte sie wissen, weil ihr diese Frage schon die ganze Zeit auf der Seele brannte.

»Bei Morris Hook«, erklärte Tom.

Überrascht runzelte Lilly die Stirn. »Warum?«

»Ach, Caroline hatte erwähnt, dass Morris den Markt nicht besuchen kann, weil seine Enkelin in Manchester ist. Also bin ich hingefahren und habe ihn hergeholt.« Er zuckte mit den Schultern. »Morris kann seinen Stand vielleicht nicht mehr selbst organisieren, aber er kann ihn sich ja zumindest mal anschauen, oder?«

Erstaunt starrte Lilly zuerst ihn an und dann zu dem Häuschen hinüber, das sie extra für Morris Hooks Sachen aufgebaut hatten. Ursprünglich sollten die Figuren an Carolines Stand verkauft werden, aber am Ende war sie der Meinung gewesen, dass er eine eigene Bude bekommen musste, damit seine Werke besser wirken konnten. Ruths Tochter Joyce hatte den Verkauf übernommen, doch sie war dort nicht allein, sondern unterhielt sich angeregt mit dem Künstler höchstpersönlich, der – mit Mütze und dicken Handschuhen ausgestattet – bei ihr in der kleinen Hütte stand.

»Mr Hook!«, rief Lilly, immer noch erstaunt. »Das ist ja schön, dass Sie hier sind!«

»Ja«, erwiderte der alte Mann. Er wirkte längst nicht

mehr so müde und gebrechlich wie noch vor ein paar Tagen in seinem Haus. »Und ich bleibe sogar noch eine Weile. Ihre Tante hat mich eingeladen, für ein paar Tage im ›King's Arms‹ zu wohnen. Dann kann ich ein bisschen beim Verkauf aushelfen.« Der Gedanke schien ihn regelrecht zu beflügeln, denn sein faltiges Gesicht strahlte, und Lilly konnte nicht umhin, Toms Initiative zu bewundern.

»Das war nett von dir«, meinte sie, während sie weitergingen. Er lächelte nur, aber Lilly glaubte, eine Spur von Verlegenheit in seiner Miene zu erkennen. Plötzlich wurde ihr ganz warm ums Herz. Wenn sie daran dachte, dass sie ihm am Anfang ständig irgendwelche kriminellen Absichten unterstellt hatte, schämte sie sich richtig. Hinter seiner geheimniskrämerischen Fassade steckte ein grundehrlicher Mensch, das wusste sie jetzt. Küssen durfte sie ihn deswegen aber trotzdem nicht. Leider …

Sie blieb stehen, weil ihr Handy in ihrer Tasche mit einem Summen den Eingang einer Nachricht anzeigte.

»Oh, die erste Anfrage von der Lokalpresse«, sagte sie überrascht, nachdem sie die SMS gelesen hatte. »Offenbar spricht sich unser Plan schneller herum als gedacht.«

»Die Santa-Claus-Wahl?«, meinte Tom, und während Lilly nickte, fiel ihr plötzlich ein, dass sie durch ihre zwischenzeitliche Funkstille noch gar nicht wusste, wie er eigentlich dazu stand.

»Du wirst doch auch daran teilnehmen, oder?«

Die Frage schien ihn zu überraschen. »Ich?«

»Ja, natürlich. Du bist doch der ideale Kandidat«, entfuhr es ihr, und erst als Tom breit grinste, wurde ihr klar, was sie damit impliziert hatte. »Äh ... ich meine ... naja ... Patrick und James nehmen auch teil, und da dachte ich ...«

Sie beendete ihren Satz nicht, weil Toms Gesicht wieder ernst geworden war.

»Nein, ich glaube, das ist nichts für mich.«

»Was?« Lilly starrte ihn an, völlig perplex über seine Absage. Sie hatte damit gerechnet, dass er vielleicht keine Zeit haben würde, aber nicht damit, dass er gar nicht teilnehmen wollte. »Das geht nicht. Du musst mitmachen!«

Er lächelte kurz, weil ihn ihre Vehemenz offenbar amüsierte. Doch dann schüttelte er erneut den Kopf. »Lilly, ich ...«

»Ach, bitte, Tom.« Aus einem Impuls heraus legte sie eine Hand auf seinen Arm, zog sie jedoch sofort wieder zurück. Ganz blöde Idee, ihn zu berühren. »Du würdest mir einen großen Gefallen tun. Wenn du mitmachst und die Parker-Jungs, dann trauen sich bestimmt noch andere. Und außerdem ...« Sie hielt inne, weil der Grund, den sie ihm hatte nennen wollen, absurd klang. Aber sie konnte sich die Wahl ohne ihn einfach nicht vorstellen. Er musste daran teilnehmen, schließlich war sie seinetwegen überhaupt erst auf die Idee dazu gekommen. Etwas, das sie ihm jedoch besser nicht verriet. »Außerdem ist das bestimmt ein großer Spaß.«

»Ich weiß nicht.« Tom betrachtete sie skeptisch,

aber nicht mehr ganz so ablehnend. »Wie viel Presse wirst du denn dafür auffahren?«

Seine Frage wunderte Lilly. Das war doch der Sinn der Sache, dass möglichst viel über ihre Aktion berichtet wurde. Wieso störte ihn das?

»Keine Ahnung, ob das überhaupt interessant ist für die Zeitungen. Die Lokalpresse berichtet sicher darüber, und ich hoffe auch auf wenigstens ein überregionales Blatt. Der Rest ist Kür.«

»Hm.« Er zögerte immer noch, schien mit sich zu ringen. Doch dann gab er mit einem Schulterzucken nach. »Also gut, wenn es dir so wichtig ist, dann bin ich dabei.«

»Danke.« Lilly lächelte ihn an und beschloss, lieber nicht allzu genau über die Gründe ihrer großen Erleichterung nachzudenken. »Ich muss dann«, sagte sie und deutete zu Carolines Stand hinüber. »Ruth wartet sicher schon.«

Toms Handy begann zu klingeln, deshalb nickte sie ihm zum Abschied zu und ging die paar Meter zur Hütte hinüber. Als sie die Klinke der Seitentür schon in der Hand hatte, drehte sie sich noch mal zu ihm um und sah, dass er noch dort stand, wo sie ihn zurückgelassen hatte, und mit ernster Miene telefonierte. Mit wem er da wohl redete?

Das geht dich nichts an, erinnerte Lilly sich mit einem Seufzen und betrat die Hütte, um Ruth von dem Ergebnis der Abstimmung zu berichten.

11

»Und der Titel ›Sexiest Santa Claus Alive‹ geht an …«

Collin Parker machte eine dramatische Pause, und man hörte ihn schwer in das Mikrofon atmen. Lilly hatte den stämmigen Wirt nicht lange überreden müssen, die Moderation des Abends zu übernehmen, und er machte seine Sache wirklich gut, denn der gesamte Saal hielt den Atem an, während alle darauf warteten, dass er den Sieger verkündete. Doch Collin ließ sich Zeit, kostete den Moment der Spannung aus.

»Tom Lewis!«, platzte er dann laut heraus, und das Publikum brach in Jubel aus.

»Ich wusste es!«, rief Emma und erhob sich wie viele andere, klatschte begeistert und pfiff. Lilly, die ebenfalls aufgestanden war, lächelte zustimmend, während auch sie applaudierte.

Es hatte mehrere Runden gegeben, in denen die Männer in roten Santa-Claus-Mänteln und Zipfelmützen unter großem Gejohle der Zuschauer zuerst schwere Geschenkesäcke um die Wette tragen, dann auf einem als Rentier verkleideten mechanischen Bullen reiten und am Ende einen Weihnachtsbaum möglichst schnell schmücken mussten. Tom hatte das erste Spiel gewonnen und war auch bei den anderen beiden unter den Besten gewesen, obwohl Lilly den Eindruck hatte, dass er nicht alles gab. Aus irgendeinem Grund schien er nicht gewinnen zu wollen. Da hatte er die Rechnung jedoch ohne die weiblichen Zuschauer gemacht, die trotzdem besonders angetan von ihm gewesen waren. Er stach schon allein durch seine Größe aus dem Teilnehmerfeld heraus, und auch wenn er als Einziger immer noch diesen falschen weißen Bart trug, der in der ersten Runde Pflicht gewesen war und der sein Gesicht verdeckte, konnte man nicht übersehen, wie attraktiv er war. Wenn jemand den Sieg verdiente, dann Tom, und es wunderte Lilly nicht, dass er am Ende Patrick Parker und einen jungen Mann namens Mike, die mit ihm im Finale gewesen waren, auf die Plätze zwei und drei verwiesen hatte.

»Meine Güte, die Leute kriegen sich ja kaum noch ein«, meinte Emma, als der Applaus endlich abebbte und sie sich alle wieder setzten.

»Ja, ist das nicht toll?«, stimmte Lilly ihr zu und sah sich zufrieden im Gemeindesaal um.

Sie saßen an einem Tisch vorne am Rand zusammen mit Caroline, Ruth und Emmas Freund Rob, der mit ihr heute Morgen aus Edinburgh angereist war. Von hier aus hatten sie einen guten Überblick über die anderen Tische, die alle voll besetzt waren.

Lilly hatte die Leute nicht gezählt, es waren jedoch so viele, dass der Platz gerade so gereicht hatte. Und nicht nur das: Auch die Presse war sehr an der Veranstaltung interessiert, denn es saßen gleich mehrere Zeitungsredakteure im Publikum. Außerdem stand neben den beiden Fotografen, die sie mitgebracht hatten, ein Kamerateam am Rand der Bühne bereit, um den gleich anstehenden Höhepunkt der Wahl aufzuzeichnen.

»Auf deinen Erfolg!« Rob hob sein Glas mit Wasser, das er sich an der provisorischen Bar hinten im Saal bestellt hatte. Was ungewöhnlich war für den trinkfesten Schotten, und als sie gemeinsam anstießen, fiel Lilly auf, dass Rob auch ziemlich blass wirkte.

»Geht es dir nicht gut?«, erkundigte sie sich besorgt.

»Weil ich kein Bier trinke?« Rob deutete grinsend auf die Halfpints, die alle anderen vor sich stehen hatten. »Ich sorge nur dafür, dass für euch genug übrig bleibt.«

Lilly erwiderte sein Lächeln, aber ganz überzeugt war sie nicht. Doch sie kam nicht dazu, noch einmal nachzuhaken, denn Emma stieß sie freundschaftlich in die Seite.

»Ich wusste, dass du es schaffst!«

»Ich nicht«, entgegnete Lilly und staunte erneut darüber, wie gut alles ausgegangen war.

Ursprünglich hatte sie gehofft, dass sich mit etwas Glück vielleicht zehn Männer für den Wettbewerb anmelden würden, doch tatsächlich waren es am Ende mehr als doppelt so viele geworden. Und die Eintrittskarten, deren Erlös ebenfalls gespendet wurde und die ausschließlich auf dem Weihnachtsmarkt erhältlich gewesen waren, hatten die Leute ihnen schon nach kurzer Zeit regelrecht aus der Hand gerissen. Dadurch waren die Besucherzahlen des Marktes deutlich angestiegen, und das wiederum hatte die Presse auf den Plan gerufen. Es waren gleich mehrere Berichte in überregionalen Zeitungen erschienen, und die BBC Lokalnachrichten aus Carlisle hatten sogar ein Fernsehteam geschickt. Emma hatte also absolut recht: Besser hätte es nicht laufen können.

»So, Leute! Kommen wir jetzt also zum eigentlichen Höhepunkt des heutigen Abends: der Versteigerung!«, verkündete Collin Parker und winkte zwei Helfern, die ein Stehpult auf die Bühne trugen. Er stellte sich dahinter und ließ Tom, Patrick und Mike an den Rand der Bühne treten. Dann erklärte er noch einmal die Regeln.

»Der Bieter, der am Ende den Zuschlag erhält, darf den ganzen Abend mit seinem Santa verbringen. Außerdem gibt es freie Getränke und mindestens einen Tanz zu einem Song eurer Wahl, sofern unser DJ ihn auf Lager hat, nicht wahr, Manny?«

Der kleine Mann mit den stoppeligen blonden Haaren, der etwas erhöht auf seinem Anlagepodest saß, nickte fröhlich.

»Jetzt fang schon an«, rief jemand aus dem Publikum, und Collin ließ sich das nicht zweimal sagen.

Den Anfang machte Mike, der als Drittplatzierter

zuerst versteigert werden sollte. Das Mindestgebot, das für alle drei Männer bei zehn Pfund lag, wurde schnell aufgerufen, und die Bieter schaukelten sich langsam hoch, bis eine blonde junge Frau, die zu der Gruppe von Mikes Freunden gehörte, am Ende für fünfundneunzig Pfund den Zuschlag erhielt.

Danach schienen die Leute richtig Gefallen an der Sache zu finden, denn immer mehr trauten sich, ein Gebot abzugeben, so dass Patrick, der als Nächster dran war, schließlich für satte einhundertfünfundsechzig Pfund an eine Dame ging, die Lilly noch nie gesehen hatte und die sie auf Anfang fünfzig schätzte. Sie wurde von mehreren gleichaltrigen Frauen begleitet, die laut lachten und klatschten, als ihre Freundin Patrick von der Bühne zu sich an den Tisch holte.

»Na, die haben aber schon ganz gut getankt«, meinte Emma und deutete auf die drei Sektflaschen auf dem Tisch der Damen. »Da wird Patrick alle Hände voll zu tun haben.«

»Wie ich ihn kenne, nimmt er das mit Humor«, erwiderte Lilly und konzentrierte sich wieder auf die Bühne, wo Tom jetzt allein neben Collin stand. Das schien ihm jedoch nichts auszumachen, denn seine Haltung war ganz entspannt, und er grinste unter seinem falschen Bart.

»Bleibt noch unser Santa-Hauptpreis!«, kündigte Collin an und hob den Hammer, den er in der Hand hielt, so wie er es immer machte, bevor er loslegte. »Aufgerufen sind zehn Pfund. Wer bietet mehr als …«

»Zwanzig!«, rief eine Frauenstimme, unverkennbar Jemima, wie aus der Pistole geschossen, was für allgemeine Heiterkeit sorgte. Und so ging es weiter, denn schon einen Augenblick später stieg das Gebot auf fünfundzwanzig, dann auf dreißig und noch weiter, so dass Collin kaum mit der Verkündung des aktuellen Betrags hinterherkam.

»Sieht aus, als wäre unser Tom ein echter Bestseller«, befand Emma, während die Gebote in erstaunlichem Tempo weiter nach oben gingen.

»Na ja, er ist ja auch toll«, meinte Lilly und wurde ein bisschen rot, als Emma sie mit hochgezogenen Brauen ansah.

»Ich dachte, er ist nicht dein Typ.«

Lilly zuckte mit den Schultern. »Ich glaube, bei ihm mache ich mal eine Ausnahme«, erklärte sie und trank schnell noch einen Schluck Bier, als Emma nur breit grinste.

Aber was sollte sie denn machen? Seit ihrer Aussprache nach der Gemeinderatssitzung gingen Tom und sie wieder freundschaftlich miteinander um, und Lilly versuchte, nicht darüber nachzudenken, wie es wäre, wenn sie sich doch noch mal näherkämen. Ganz verbannen konnte sie die Erinnerung an ihren Kuss jedoch nicht, und sie verstand die Frauen nur zu gut, die sich quasi im Sekundentakt überboten, um ihn sich für den Abend zu sichern.

Erst als die Hundertfünfzig-Pfund-Grenze überschritten war, trennte sich langsam die Spreu vom Weizen. Offenbar kamen viele an ihr finanzielles Limit und stiegen aus, so dass am Ende nur noch zwei Bieterinnen übrig blieben: Jemima Olsen und Louise Evans. Die alte Dame, die Lilly auf der Fahrt nach Barnbarrow kennengelernt hatte, schien sehr viel Spaß an dem Spiel und offenbar auch genug Geld zu haben, denn sie hob jedes Mal die Hand und zog nach, wenn die ebenfalls sehr eifrige Jemima ihr Gebot erhöhte. Eine von den beiden Damen, so viel schien sicher, würde am Ende das Rennen machen.

»Der arme Tom«, meinte Emma mit einem Seufzen. »Da macht er alles brav mit – und zur Strafe muss er sich jetzt wahrscheinlich den ganzen Abend einen Vortrag über die verschlungenen Wege des Schicksals anhören.«

Oder endlose Geschichten über die beiden entzückendsten Enkel der Welt, dachte Lilly. Sie sah zu Tom hinüber und fing seinen leicht verzweifelten Blick auf. Offenbar gefielen auch ihm die beiden Möglichkeiten nur mäßig, denn er hob einen Mundwinkel und deutete ein resigniertes Schulterzucken an – was Lilly unwillkürlich lächeln ließ.

»Es sind zweihundert geboten«, erklärte Collin, sichtlich begeistert darüber, dass auch diese Marke genommen war. »Höre ich mehr?«

»Zweihundertzehn!«, rief Jemima sofort, und Lilly wartete darauf, dass Louise Evans nachzog. Doch die alte Dame zögerte diesmal – was die buntgewandete Ladenbesitzerin mit einem siegesgewissen Grinsen quittierte.

»Höre ich mehr als zweihundertzehn?«, fragte Collin, und Lillys Blick glitt erneut zu Tom. Auch ihm schien klar zu sein, dass die Sache so gut wie entschieden war, und das Lächeln auf seinem Gesicht wirkte jetzt bemüht. Offenbar wäre ihm die alte Dame als Gewinnerin lieber gewesen, und Lilly konnte das gut verstehen – Jemima war eine ziemlich anstrengende Person. Ihr den ganzen Abend ausgeliefert zu sein und nicht mal fliehen zu dürfen war hart.

»Zweihundertzehn zum Ersten.«

Collin schlug mit dem Hammer auf den Holzteller, der neben ihm auf dem Pult stand.

»Zweihundertzehn zum Zweiten.«

Das erneute Knallen des Hammers ließ Lilly zusammenzucken.

»Und zweihundertzehn zum …«

»Dreihundert!«, rief jemand laut, und Lilly realisierte erst eine Sekunde später, dass sie selbst das gewesen war. Es war plötzlich so still im Saal, dass man eine Stecknadel hätte fallen hören können, und alle, wirklich alle starrten sie überrascht an.

»Dreihundert zum Ersten. Zum Zweiten. Und zum Dritten«, sagte Collin, sehr viel schneller als sonst, und ließ den Hammer beim dritten Mal mit einem besonders lauten Knall auf den Holzteller niederfahren.

12

Du hast ihn ersteigert!« Emma klatschte begeistert in die Hände.

Lilly nickte, immer noch ganz benommen. »Für dreihundert Pfund«, sagte sie, ein bisschen fassungslos über ihren eigenen Leichtsinn. Emma schien jedoch genau das besonders gut zu gefallen, denn sie umarmte Lilly überschwänglich.

»Das ist so cool! Dass du mal so was Verrücktes machst, hätte ich nie gedacht!«

Ich auch nicht, dachte Lilly und horchte in sich hinein. Aber sie empfand keine Reue, nicht mal ein bisschen. Im Gegenteil – sie hatte sich selten so gut gefühlt.

»Ein Applaus für unseren Santa Claus und seine Partnerin für heute Abend!«, rief Collin durch den Saal und winkte Lilly zu sich.

Lilly atmete noch einmal tief durch und bahnte sich dann mit immer noch geröteten Wangen ihren Weg zwischen den Tischen hindurch, vorbei an Jemima, die zwar wie alle anderen klatschte, dabei aber ziemlich sauertöpfisch wirkte. Dafür lächelte Tom sehr erleichtert, als sie die Bühne betrat. Er hatte den falschen Bart abgenommen und strahlte über das ganze Gesicht, während sie auf ihn zuging, was ein warmes Gefühl in Lillys Bauch auslöste. Und es wurde noch ein bisschen intensiver, als er sie unter dem Applaus und den Pfiffen der Zuschauer fest in die Arme schloss.

»Danke.« Der Klang seiner dunklen Stimme dicht an ihrem Ohr ließ einen angenehmen Schauer durch Lillys Körper rieseln, und sie musste sich sehr zusammenreißen, um nicht zu seufzen, als sie ihn wieder losließ.

»Freu dich nicht zu früh«, warnte sie ihn. »Ich werde dich vielleicht den Saal fegen lassen.«

»Befehlt über mich, Ma'am«, erwiderte er mit einem Grinsen und deutete eine Verbeugung an. Dann hakte er sie unter, und während sie gemeinsam die Bühne verließen, fand Lilly das Geld plötzlich extrem gut angelegt.

* * * * *

»Und dann sind wir einfach abgehauen, runter zum Fluss und haben uns versteckt, während uns die halbe Schule gesucht hat.« Lilly schüttelte bei der Erinnerung lächelnd den Kopf. »Mein Gott, hat das Ärger gegeben, als sie uns schließlich erwischt haben.«

Tom trank einen Schluck von seinem Bier und stellte das Glas wieder auf den Tresen. »Ich hoffe, der Typ war es wert.«

Sie saßen an der Bar, die Collin und Tilda für den Abend im Saal aufgebaut hatten, und um sie herum war die Party in vollem Gange. Doch Lilly achtete kaum auf die anderen Leute, weil sie es viel zu sehr genoss, sich mit Tom zu unterhalten. Das taten sie schon, seit sie ihn von der Bühne geholt hatte, und es gefiel ihr, dass sie seine ungeteilte Aufmerksamkeit hatte. Er war ein guter Zuhörer, und Lilly staunte selbst darüber, wie bereit sie war, ihm selbst ihre größten Geheimnisse zu verraten. Sie konnte sich nämlich nicht erinnern, wann sie zuletzt jemandem von Stuart Mills erzählt hatte, in den sie in der siebten Klasse ganz furchtbar verliebt gewesen war.

»Nein, er war es nicht wert, leider.« Sie schürzte die Lippen, während sie zurückdachte an den blonden Amerikaner mit der Zahnspange, der während der zwei Jahre, die sie mit ihren Eltern in Malaysia gewesen war, in der Schule neben ihr gesessen hatte. »Sein Vater war auch Diplomat. Die Familie ist kurz danach weggezogen, und Stuart hat auf keinen der mindestens dreißig Briefe geantwortet, die ich ihm geschrieben habe.« Sie zuckte mit den Schultern. »Danach habe ich Jungs erst mal für eine Weile abgeschworen.«

Sie nippte noch mal von ihrem Halfpint. Diesmal war sie vorsichtig und hielt sich mit dem Alkohol zurück, schließlich wollte sie nicht wieder Gefahr laufen, sich zu blamieren. Es reichte schon, dass Toms Lächeln ihr so zu Kopf stieg. Er lächelte dauernd, und die Tatsache, dass er so dicht neben ihr saß, machte es nicht besser.

»Und du?«, fragte sie, weil sie fand, dass er ruhig auch mal etwas von sich preisgeben konnte. »Ich wette, du hast schon einer Menge Frauen das Herz gebrochen.«

Entrüstet schüttelte Tom den Kopf. »Nein, natürlich nicht. Santa Claus macht die Menschen glücklich, das weißt du doch.«

Lilly lachte. »Der echte Santa Claus vielleicht. Aber mal im Ernst: jemand, der aussieht wie du, kann sich doch vor Angeboten bestimmt kaum retten.«

»War das ein Kompliment?«

Sie zuckte mit den Schultern. »Vielleicht. Also? Hattest du viele Angebote?«

»Durchaus. Und ein paar habe ich auch angenommen. Aber …«

»Aber was?« Lilly war ein bisschen atemlos, weil sein Bein schon wieder ihres streifte.

»Aber die Richtige war noch nicht dabei.«

»Die große Liebe? Ich dachte, daran glaubst du nicht«, neckte Lilly ihn.

»Das habe ich nicht gesagt. Ich sagte, dass sie nicht jeder findet.« Er hielt Lillys Blick fest, und der Ausdruck in seinen Augen nahm sie so gefangen, dass sie seine nächste Bemerkung verpasste.

»Entschuldige. Was hast du gesagt?«

Tom hob amüsiert einen Mundwinkel. »Ich habe gefragt, wie es bei dir weitergegangen ist. Hat es inzwischen jemand geschafft, das Stuart-Trauma wieder auszumerzen?«

Lillys Lächeln erstarb auf ihren Lippen, und ein kaltes Gefühl kroch in ihr hoch, als Phils Gesicht vor ihrem geistigen Auge auftauchte.

»Nein. Der Mann, mit dem ich zuletzt zusammen war, hat es eher noch schlimmer gemacht«, erwiderte sie und ärgerte sich sofort darüber. Sie wollte jetzt nicht an Phil denken.

Tom schien dieses Thema jedoch brennend zu interessieren. »Was ist denn passiert?«

Seine Frage trieb all die unliebsamen Erinnerungen zurück an die Oberfläche, und Lilly horchte in sich hinein, wartete darauf, dass der Schmerz und die Enttäuschung sie erneut überwältigen würden, so wie sonst, wenn sie an ihre Trennung von Phil dachte. Und es tat auch noch weh, aber längst nicht mehr so wie sonst, wie sie erstaunt feststellte. Was vielleicht mit Toms blauen Augen und dem verständnisvollen Ausdruck darin zu tun hatte.

»Willst du darüber reden?«, wollte er wissen, und für einen kurzen Moment war Lilly versucht, es ihm zu erzählen. Doch Phils kränkende Worte konnte sie nicht wiederholen, schon gar nicht gegenüber Tom, der dann vielleicht anders über sie denken würde. Deshalb schüttelte sie den Kopf.

»Nein. Lass uns lieber tanzen. Das war Teil des Santa-Claus-Deals, also schuldest du mir das noch.«

Sie sah ihn auffordernd an, doch Tom reagierte nicht, sondern betrachtete sie mit gerunzelter Stirn.

»Er hat dich verletzt.« Es war eine Feststellung, keine Frage, und Lilly spürte, wie etwas in ihr nachgab.

»Ja, hat er«, gestand sie. »Er war ziemlich gemein zu mir, als wir uns getrennt haben. Und er hat auch schon eine andere. Das ist aber okay, weil ich ihn nach allem, was er gesagt und getan hat, gar nicht mehr wollen würde.«

Sie hatte das schon oft behauptet, aber zum ersten Mal seit jenem Abend im Sky Garden stimmte es tatsächlich und war keine Schutzbehauptung, um den Schmerz besser aushalten zu können. Was ganz definitiv etwas mit Toms blauen Augen und der Tatsache zu tun hatte, dass sie sich plötzlich wieder vorstellen konnte, ihr Herz an jemand anderen zu verlieren.

Tom schüttelte den Kopf und wollte etwas erwidern, aber Lilly hatte wirklich genug von diesem Thema, deshalb legte sie ihm einen Finger an die Lippen.

»Ich möchte jetzt tanzen. Und nur falls du es vergessen hast: Du musst tun, was ich will. Weil ich nämlich sehr viel Geld dafür ausgegeben habe, dass du heute Abend mir gehörst.«

Schon in der Sekunde, in der sie es ausgesprochen hatte, zuckte sie innerlich zusammen und zog hastig ihre Hand wieder zurück. So krass hatte sie das nicht ausdrücken wollen. Tom schien die Formulierung jedoch nicht zu stören, denn er beugte sich lächelnd zu ihr, bis sein Mund dicht an ihrem Ohr war.

»Das hättest du auch billiger haben können«, sagte er, und Lilly hielt den Atem an, als ihr die Bedeutung seiner Worte bewusst wurde. Sie hatte jedoch keine Zeit zu reagieren, denn er griff nach ihrer Hand, zog sie von ihrem Barhocker herunter und weiter zu der zur Tanzfläche umfunktionierten Bühne, auf der sich zahlreiche Paare zur Musik drehten. Oder eigentlich standen sie eher, denn der DJ hatte gerade einen sehr langsamen Song aufgelegt. Lilly erkannte ihn – es war *Everything I do* von Bryan Adams. Das Lied hatte ihr schon immer sehr gefallen, und als Tom sie in seine Arme zog und sie sich an ihn lehnte, wusste sie, dass sie es von jetzt an nie wieder würde hören können, ohne an diesen Moment zu denken.

Tom führte sie sicher, und nach einem Moment entspannte Lilly sich und genoss es einfach, sich zur Musik zu wiegen, während sie ihm ganz nah war. Aber es gab ohnehin kaum etwas, dass sich nicht gut anfühlte, wenn sie mit Tom zusammen war. Sie fühlte sich wohl bei ihm, auf eine Weise, wie sie es sehr lange nicht mehr erlebt hatte. Daran könnte ich mich wirklich gewöhnen, überlegte sie verträumt und schmiegte die Wange an seine Brust, spürte, wie er eine Hand unter ihr Haar schob.

Seine Fingerspitzen strichen sanft über die empfindliche Haut in ihrem Nacken, und sie vergaß zu atmen, als sie zu ihm aufsah und ihre Blicke sich trafen. Ihre Schritte wurden immer kleiner, und nach einem Moment standen sie einfach nur am Rand der Tanzfläche. Ein Schauer durchlief Lilly, und ihr war fast schmerzhaft bewusst, wie nah ihre Lippen sich waren. Sie trennte nur noch ein ganz kleines Stück, dann …

»Hey, ihr beiden!«, erklang plötzlich Emmas Stimme

neben ihnen und riss Lilly aus dem Moment. Erschrocken ließ sie Tom los und trat einen Schritt zurück. Ihr Herz raste jetzt, und sie spürte, wie ihre Wangen heiß wurden.

»Tut mir leid, ich wollte euch nicht stören.« Emma, der offenbar jetzt erst klar wurde, dass sie genau das getan hatte, zuckte unglücklich mit den Schultern. »Ich wollte nur sagen, dass wir mit Mum zurück ins ›King's Arms‹ fahren. Sie ist total erledigt nach dem langen Tag, und Rob fühlt sich nicht gut. Ich glaube, er wird krank. Kommt einfach nach, wenn ihr wollt – Tilda und Collin bleiben bis zum Schluss und kümmern sich um alles. Sie brauchen uns nicht mehr, haben sie gesagt.« Sie hob die Hand und wollte sich umdrehen, doch Lilly rief sie zurück.

»Ich glaube, dann komme ich gleich mit. Ich … bin auch ziemlich müde.«

Emma runzelte die Stirn. »Wenn du meinst …?«, sagte sie irritiert und sah zu Tom, den Lillys Ankündigung genauso zu überraschen schien.

Wahrscheinlich hält er mich jetzt für total überspannt, dachte Lilly und wand sich unter seinem Blick. Aber wenn sie blieb, dann würde es für sie kein Zurück mehr geben. Sie war dabei, sich rettungslos in Tom Lewis zu verlieben, und sie hatte plötzlich Angst vor der Macht dieses Gefühls, das sie so unwiderstehlich zu ihm hinzog. Niemals hätte sie geglaubt, dass sie nach so kurzer Zeit wieder so viel für einen Mann empfinden würde, und es machte sie ganz hilflos, ließ sie instinktiv zurückschrecken. Denn wenn sie dem nachgab, würde sie vielleicht wieder enttäuscht werden. Und Lilly war nicht sicher, ob sie das ertragen konnte.

»Ich ... hole nur schnell meine Jacke.«

Fast überstürzt verließ sie die Tanzfläche und floh ins Foyer zur Garderobe. Tom folgte ihr mit den anderen – offenbar sah er keinen Grund zu bleiben, wenn sie es nicht tat, und ein paar Minuten später standen sie alle draußen vor Robs BMW-Limousine.

»Ich glaube, es ist besser, wenn du fährst«, meinte Rob und drückte Emma die Autoschlüssel in die Hand. Er war noch blasser als bei der Versteigerung, und seine Augen wirkten glasig, außerdem hustete er ständig. Offenbar wurde er wirklich krank.

»Na, dann los. Sonst frieren wir hier noch fest«, meinte Emma mit einem besorgten Blick auf ihn und half Caroline beim Einsteigen. Ihr Gipsbein hatte es nötig gemacht, auch für die kurze Strecke zur Pension den Wagen zu nehmen, aber er war groß genug für sie alle, worüber Lilly sehr froh war. Dadurch musste sie nicht mit Tom zu Fuß zurücklaufen und die Fragen beantworten, die sie in seinen Augen sah. Es war schlimm genug, dass er so dicht neben ihr saß, dass sein vertrauter Duft sie einhüllte.

Er sagte nichts, aber Lilly registrierte, dass er sie oft ansah. Sie erwiderte seinen Blick jedoch nicht, sondern starrte geradeaus und war froh, als sie auf dem Hof des »King's Arms« ankamen. Im Empfangsraum blieben sie alle noch kurz stehen und unterhielten sich über den gelungenen Abend. Oder die anderen unterhielten sich – Lilly lächelte nur und nickte, ohne wirklich zuzuhören.

»Gute Nacht«, wünschte sie Tom dann, der mit Caroline unten im Erdgeschoss blieb, und folgte Emma und Rob in den ersten Stock. Auf der Treppe blickte sie noch mal zurück und sah nur noch, wie er in dem kleinen Flur verschwand, der in sein Zimmer führte.

Mit klopfendem Herzen lief sie zu ihrem Zimmer und schloss die Tür fast panisch hinter sich, lehnte sich von innen dagegen. Das hohle Gefühl in ihrer Brust nahm ihr fast den Atem, während der Abend wieder und wieder vor ihr ablief, und sie hasste sich jetzt dafür, dass sie ihn vorzeitig beendet hatte.

Es ist besser so, versuchte sie sich zu trösten, aber sie fühlte sich einfach nur elend, und als sie etwas später im Bett lag, wälzte sie sich unruhig hin und her oder starrte in die Dunkelheit, während ihre Gedanken sich immer wieder im Kreis drehten.

War es richtig gewesen, sich zurückzuziehen? Und was dachte Tom jetzt über sie? Was dachte er überhaupt? Meinte er ernst, was seine Blicke und sein Verhalten ihr zu sagen schienen? Konnte sie es riskieren, es herauszufinden?

Das Summen ihres Handys, das in der Stille des Zimmers deutlich zu hören war, ließ Lilly zusammenzucken. Sie griff danach, doch es glitt ihr aus den Fingern und landete mit einem stumpfen Laut auf dem

Teppich. Schnell hob sie es wieder auf und sah, dass sie drei Nachrichten bekommen hatte.

Eine war von ihren Eltern und musste laut Zeitangabe eingegangen sein, als Lilly vorhin im Bad gewesen war. Die beiden wussten von der Santa-Claus-Wahl und wollten wissen, wie die Veranstaltung gelaufen war. Die andere Nachricht, die ungefähr zur gleichen Zeit gekommen war, stammte von Emma und bestand nur aus einer ganzen Reihe von Fragezeichen und zwei besorgt schauenden Emoticons. Die letzte Nachricht war neu und von Tom. Lillys Finger zitterten, als sie sie aufrief.

Der Kerl ist ein Idiot.

Sie runzelte die Stirn und starrte auf die Worte, bis sie begriff, dass er damit Phil meinen musste. Ihr Herz raste plötzlich, und sie kämpfte vergebens gegen die Welle der Sehnsucht, die sie erfasste. Nein, dachte sie. Wenn hier jemand ein Idiot war, dann sie.

Hastig schwang sie die Beine aus dem Bett und stand auf. Sie musste mit Tom reden, und zwar jetzt sofort, deshalb schlüpfte sie in den Morgenmantel, der im Bad hinter der Tür hing, und verließ leise das Zimmer. Der Flur war dunkel, aber im Mondlicht, das von draußen hereinfiel, fand sie den Weg hinunter in den Eingangsraum und durch den kleinen Flur, an dem Toms Zimmertür lag. Noch einmal atmete sie tief durch, dann klopfte sie und erschrak, als Tom die Tür schon einen Augenblick später öffnete.

»Lilly!« Er starrte sie an, und ihr wurde jetzt erst bewusst, dass sie unter dem Morgenmantel nur ihr dünnes Nachthemd trug. Tom war allerdings auch nicht mehr vollständig angezogen, denn er hatte nur noch seine Jeans und sein Hemd an, das aufgeknöpft war und seine nackte Brust darunter erahnen ließ. Hilflos ballte Lilly die Hände zu Fäusten und stemmte sich gegen das Gefühl, das sie zu ihm hinzog.

»Kann ich reinkommen?«

Schweigend öffnete er die Tür noch etwas weiter, und Lilly ging an ihm vorbei ins Zimmer. Vor dem Fenster drehte sie sich wieder zu ihm um. Er stand noch bei der Tür, die er wieder geschlossen hatte, und sie wäre so gerne zu ihm gegangen. Doch ihr fehlte immer noch der Mut.

»Es tut mir leid.«

Tom neigte den Kopf ein wenig zur Seite. »Was?«

»Dass ich …« Sie zuckte hilflos mit den Schultern und sprach dann aus, was ihr so schwerfiel. »Dass ich vorhin unbedingt gehen wollte. Es war ein schöner Abend, wirklich. Aber ich … ich kann das nicht.«

»Lilly …«

»Nein, wirklich«, unterbrach sie ihn hastig. »Mein Exfreund ist ein Idiot, das stimmt. Aber er hat mir sehr wehgetan, und ich möchte das nicht noch mal erleben. Ich bin einfach nicht der Typ für ein schnelles Abenteuer, verstehst du? Deshalb …«

Sie stockte, weil Tom mit großen Schritten auf sie zukam. Mit klopfendem Herzen versuchte sie, ihren Satz zu beenden, doch ihre Stimme zitterte.

»Deshalb weiß ich nicht, ob es eine gute Idee wäre, wenn wir …«

Er hatte sie erreicht, zog sie in seine Arme und küsste sie so leidenschaftlich, dass sie keinen Gedanken mehr festhalten konnte.

»Ich weiß es auch nicht, Lilly«, sagte er atemlos, als er sie wieder freigab, und sein Blick brannte sich in ihren, ließ sie sehen, dass auch er gegen seine Gefühle kämpfte. »Ich weiß nur, dass ich an nichts anderes mehr denken kann als an dich und daran, wie gerne ich dich noch mal küssen möchte. Und dass es mich langsam, aber sicher in den Wahnsinn treibt, wenn du mir jedes Mal erklärst, dass es nicht geht. Ich halte mich von dir fern, wenn du unbedingt willst, aber wenn du mich fragst, dann ist es eine verdammt gute Idee, wenn wir zusammen sind.«

Der aufgewühlte Ausdruck in seinen Augen war Balsam für Lillys angeschlagenes Herz, und als er sie erneut küsste, sanfter diesmal und fragender, schmiegte sie sich in seine Arme. Sie konnte einfach nicht mehr ankämpfen gegen das, was sie zu ihm hinzog. Und sie wollte es auch nicht. Alles, was sie gerade noch hatte zweifeln lassen, fiel von ihr ab, und zum ersten Mal in ihrem Leben war ihr völlig egal, was morgen war. Wieso sollte sie jetzt daran denken, wenn es sich so unglaublich richtig anfühlte, Toms Kuss zu erwidern?

Mit einem Seufzen ließ sie die Hände unter sein offenes Hemd gleiten und strich über seine Brust, lächelte an seinen Lippen, als er scharf einatmete. Er fand sie nicht farblos und langweilig, er begehrte sie, und dieses Wissen erfüllte sie mit einer ganz neuen Stärke, vertrieb die Kälte, die Phil in ihr hinterlassen hatte, und ersetzte sie durch ein neues Feuer, das stärker brannte, als sie es jemals für möglich gehalten hätte. Nur ungern löste sie sich von ihm, als er ihren Kuss unterbrach.

»Wenn du wieder gehen willst, dann geh jetzt«, sagte er rau, und das Verlangen in seiner Stimme sandte einen prickelnden Schauer über ihren Rücken. »Oder bleib und lass mich dir zeigen, dass ich Recht habe.«

Lilly stöhnte auf und vergrub die Hände in seinem Haar, während er die empfindliche Haut hinter ihrem Ohr küsste. Es war eine sehr einfache Entscheidung.

»Zeig es mir«, hauchte sie, berauscht von seiner Nähe, und schlang die Arme um seinen Hals, als er sie hochhob und zum Bett hinübertrug.

13

Fahles Licht flutete bereits durch die halbgeöffneten Vorhänge am Fenster, als Lilly träge die Augen öffnete. Der Morgen war angebrochen, und sie musste dringend aufstehen und in ihr Zimmer zurückkehren, das wusste sie. Aber sie wollte noch nicht aufwachen aus dem Traum der letzten Nacht.

Vorsichtig drehte sie sich zu Tom um, der hinter ihr lag und schlief. Seine Züge waren entspannt, und Lilly fuhr mit dem Finger sanft über die rauen Bartstoppeln auf seiner Wange. Wohlige Wärme durchströmte sie, als sie daran dachte, wie leidenschaftlich er sie geliebt hatte. Als hätte er ihren Körper mit seinen Lippen und seinen Händen zu ganz neuem Leben erweckt und alles ausgelöscht, was vorher gewesen war. Sie hatte sich noch nie so begehrt gefühlt, und selbst wenn sie nie mehr von ihm bekommen würde als diese eine Nacht, dann wäre es das wert gewesen.

Aber sie wollte mehr. Sie wollte sogar viel mehr, und die Tatsache, dass sie so wenig über ihn wusste und nicht sicher sein konnte, wie es mit ihnen weiterging, zog ihr schmerzhaft die Brust zusammen. Ob er sich jetzt öffnen und ihr mehr von sich erzählen würde?

Als hätte er ihre drängenden Gedanken gehört, schlug Tom die Augen auf. Für einen Moment sah er sie nur an, dann lächelte er.

»Guten Morgen«, sagte er mit rauer Stimme, was Lilly extrem sexy fand, und zog sie an sich, küsste sie ausgiebig, bis sie vergessen hatte, weshalb sie gerade noch besorgt gewesen war. Dann drehte er sich auf den Rücken und zog sie mit sich, bettete ihren Kopf in seine Armbeuge und betrachtete sie mit einem sehr zufriedenen Ausdruck auf dem Gesicht. »Ich würde dich ja fragen, ob du gut geschlafen hast, aber das wäre ziemlich unfair, oder?«

Lilly erwiderte sein Lächeln glücklich. »Schlaf wird überbewertet«, meinte sie und kuschelte sich noch ein bisschen dichter an ihn.

Er strich über ihr Haar, ließ die Strähnen durch seine Finger gleiten, und sie genoss die Intimität dieses Augenblicks. Doch dann drang erneut die Realität in die selige Blase, in der sie schwebte, und sie stützte sich auf den Ellbogen, sah ihn an.

»Tom?«

»Hm?«, fragte er träge und streichelte weiter ihr Haar.

»Ist dir eigentlich klar, dass übermorgen Weihnachten ist?«

Er lächelte. »Ja, natürlich.«

Sie zögerte, aber dann stellte sie die Frage doch. »Musst du da nicht bei deiner Familie sein?«

Tom hielt in der Bewegung inne und ließ den Arm sinken. Sein Lächeln schwand, und er seufzte tief.

»Doch. Das müsste ich theoretisch. Aber im Moment habe ich gerade so etwas wie eine Auszeit von allem.«

Lilly runzelte die Stirn. »Wie meinst du das?«

Er richtete den Oberkörper auf und rückte ein Stück zurück, lehnte sich mit dem Rücken gegen das Kopfteil.

»Das ist ein bisschen kompliziert zu erklären.«

Auch Lilly setzte sich auf und zog die Bettdecke hoch, weil ihr plötzlich wieder bewusst war, dass sie nichts anhatte.

»Versuch's«, sagte sie mit belegter Stimme. Er sah jetzt aus wie jemand, der ein sehr schlechtes Gewissen hatte, und mit jedem Moment, der verstrich, ohne dass er antwortete, zog sich ihr Magen ein bisschen fester zusammen.

Plötzlich kam sie sich unendlich dumm vor. Warum hatte sie ihn nicht vorher gefragt, ob er überhaupt frei war? Er hatte zwar noch nie von einer anderen Frau gesprochen und nur seine Eltern erwähnt, aber das bedeutete nicht, dass er wirklich noch ungebunden war. Und er hatte ihr gestern auch nichts versprochen. Er hatte nur gesagt, dass er sie begehrte – und sie hatte in seine Worte hineininterpretiert, dass er mehr von ihr wollte als nur diese eine Nacht. Aber was, wenn das gar nicht der Fall war? Tränen schossen in ihre Augen, ohne dass sie es verhindern konnte, und die Kälte kroch zurück in ihren Körper.

»Es gibt schon jemanden in deinem Leben, oder?« Sie konnte nicht verhindern, dass ihre Stimme zitterte, und rückte instinktiv ein Stück von ihm ab.

»Lilly!« Erschrocken griff Tom nach ihr, hielt sie fest. »Es ist nicht das, was du denkst. Ich habe gemeint, was ich gestern gesagt habe. Jedes Wort. Aber …« Er hielt inne und sah sie zerknirscht an.

»Aber was?«, fragte Lilly, hin- und hergerissen zwischen Hoffnung und Angst vor dem, was sie jetzt erfahren würde.

»Es gibt da wirklich etwas, dass ich dir bis jetzt verschwiegen habe. Ich hätte es dir längst sagen müssen, aber irgendwann hatte ich den Zeitpunkt verpasst und wusste nicht, wie ich es anfangen soll. Außerdem hatte ich Angst, dass du mich mit ganz anderen Augen siehst, wenn du es erfährst.« Er seufzte. »Du weißt es nicht, aber für mich bist du etwas ganz Besonderes, Lilly. Bei dir kann ich …«

Eine angenehme Melodie unterbrach ihn, und sein Handy bewegte sich mit einem Summen über den Nachttisch.

Tom zögerte, offenbar gar nicht erfreut darüber, dass ihn gerade jetzt jemand sprechen wollte. Doch dann runzelte er die Stirn, weil er das Bild erkannte, das auf dem Display erschien.

»Entschuldige.« Er ließ Lilly los und griff nach dem

Smartphone. »Ja?«, fragte er und spannte sich sichtlich an, während er dem Anrufer zuhörte. Es schienen keine guten Nachrichten zu sein, denn schon nach einem Augenblick richtete er sich kerzengerade auf und schwang die Beine aus dem Bett. »Was? Seit wann?« Er brüllte es fast und lauschte erneut den Schilderungen des Anrufers. »Nein, schon gut. Ich komme, so schnell ich kann«, erklärte er, bevor er auflegte, und als er sich wieder zu Lilly umwandte, sah sie, dass er ganz blass geworden war. »Ich muss weg.«

Er stand auf, suchte seine Sachen zusammen und verschwand im Bad, bevor Lilly eine Chance hatte, etwas zu sagen. Wie benommen starrte sie auf die geschlossene Badezimmertür, hörte kurz Wasser rauschen. Wenig später kehrte Tom angezogen ins Zimmer zurück.

»Was ist denn passiert?«, fragte Lilly, immer noch ein bisschen fassungslos.

Tom schloss die letzten Knöpfe an seinem Hemd und steckte es in den Bund seiner Jeans. Dann beugte er sich über das Bett und küsste Lilly. »Das ist eine lange Geschichte, und ich muss wirklich sofort los. Ich erkläre dir alles in Ruhe, wenn ich zurückkomme.«

Er richtete sich wieder auf und sah sich suchend im Zimmer um, steckte sein Handy und seine Brieftasche ein, griff nach seinen Autoschlüsseln.

»Tom!« Lilly kämpfte sich in die Decke gewickelt aus dem Bett, lief zu ihm und legte die Hand auf seinen Arm. »Bitte, sag mir, was los ist!«

Tom hatte bereits seine Jacke angezogen, und die Tatsache, dass Lilly im Gegensatz zu ihm fast nackt war, verstärkte das Gefühl der Schutzlosigkeit, das sie empfand. Flehend sah sie ihn an.

»Du kannst jetzt nicht einfach gehen!«

»Ich muss. Es ist wirklich dringend.« Tom umarmte sie und hielt sie fest, doch Lilly spürte seine Ungeduld, denn schon einen Augenblick später schob er sie ein Stück von sich weg. »Bitte, Lilly, vertrau mir einfach, okay? Ich bin bald zurück, und dann reden wir. Versprochen.«

Er küsste sie noch mal und lächelte kurz, dann war er aus der Tür, und sie hörte, wie sich seine Schritte auf dem Flur entfernten.

Schnell lief sie zum Fenster und blickte hinaus auf den Hof. Es hatte angefangen zu schneien, und Tom stapfte durch die dicken Flocken auf sein Auto zu. Er hielt sein Handy ans Ohr gepresst und redete aufgeregt mit jemandem. Als er es wieder einsteckte, verzog er das Gesicht, und Lilly war ziemlich sicher, dass er fluchte. Dann stieg er in den Lieferwagen, ohne sich noch mal umzusehen, setzte zurück und lenkte den Wagen so schnell vom Hof, dass die Reifen über den gefrorenen Boden schlitterten.

Lilly sah dem Auto nach, bis die Rücklichter im dichten Schneetreiben verschwunden waren. Es schneite jetzt so heftig, dass man kaum noch etwas erkennen konnte, und es war, als hätte dieses weiße Nichts Tom geschluckt.

Das ergab alles keinen Sinn. Was hatte er damit gemeint, dass er ihr etwas verschwiegen hatte? Und was musste er plötzlich so dringend erledigen?

Bitte, Lilly, vertrau mir einfach, okay?

Das wollte sie ja, sie wollte es wirklich. Weil der Gedanke, dass er sie die ganze Zeit angelogen hatte und sie ihm vielleicht doch nichts bedeutete, zu schwer zu ertragen war. Er kommt zurück, versuchte sie sich zu beruhigen. Schließlich war der Rest seiner Sachen noch hier, wie die Gitarre, die in der Zimmerecke an der Wand lehnte. Und wenn er wieder da war, würde er es ihr erklären, und das alles würde bestimmt einen Sinn ergeben.

Lilly wandte sich vom Fenster ab und hob ihr Nachthemd auf, das achtlos neben dem Bett auf dem Boden lag. Mit einem beklommenen Gefühl in der Brust, das einfach nicht weichen wollte, zog sie es an und schlüpfte zurück in den Morgenmantel. Dann öffnete sie vorsichtig die Tür und hoffte inständig, dass ihr auf dem Weg nach oben niemand begegnen würde.

14

»Ach, Kinder, das sieht großartig aus!« Caroline, die mit hochgelegtem Bein auf der Couch saß, klatschte begeistert in die Hände. »Ich glaube, so einen schönen Baum hatten wir noch nie!«

»Das sagst du jedes Jahr, Mum«, meinte Emma und grinste zu Lilly hinüber, die gerade die letzte rotglänzende Kugel am Weihnachtsbaum anbrachte. Lilly schaffte es jedoch nicht, ihr Lächeln zu erwidern, und die aufmerksame Emma nahm es mit einem Stirnrunzeln zur Kenntnis.

»Aber es stimmt ja auch jedes Jahr«, beharrte Caroline, der die Vorfreude auf das Fest anzusehen war, das in der Pension, anders als nach englischer Tradition üblich, bereits heute begann. Statt am Weihnachtstag fanden das gemeinsame Essen und die anschließende Bescherung bei Caroline immer schon am Heiligabend statt – ein Überbleibsel aus ihrer Zeit in Deutschland, genau wie die ausschließlich weiße Beleuchtung am Baum, die sie den sonst oft üblichen bunten Lichterketten vorzog.

»Traumhaft, wirklich«, seufzte sie und betrachtete Emmas und Lillys Werk ganz verliebt. Erst das Klingeln des schnurlosen Telefons lenkte sie ab, und sie griff nach dem Hörer.

»Hey!« Emma nutzte die Tatsache, dass ihre Mutter telefonierte, und trat ein bisschen näher an Lilly heran. »Es ist Weihnachten, schon vergessen? Das ist ein Grund zur Freude, nicht zum Trübsalblasen.«

Lilly zuckte mit den Schultern. »Ich weiß.« Sie blickte durch das Fenster hinaus auf den tief verschneiten Hof. Dicke Flocken fielen noch immer in großer Zahl vom Himmel, und es war ein wirklich schöner Anblick – die warmen Lichter hier drinnen und die winterliche Pracht da draußen. Aber Lilly war trotzdem überhaupt nicht in Weihnachtsstimmung. »Ich wünschte, Tom würde sich endlich melden«, sagte sie mit einem Seufzen und gab sich keine Mühe, ihre Enttäuschung zu verbergen. »Seit gestern Morgen habe ich nichts mehr von ihm gehört.«

Emma sah sie betroffen an. Sie hatte Lilly schon gestern Morgen beim Frühstück sofort an der Nasenspitze angesehen, dass etwas passiert war, und so lange nachgebohrt, bis Lilly ihr schließlich gestanden hatte, dass sie die Nacht mit Tom verbracht hatte. Was er mit seinen geheimnisvollen Worten gemeint haben könnte, wusste sie zwar auch nicht, aber im Gegensatz zu Lilly war sie sehr zuversichtlich gewesen, dass sich die Sache bald aufklären würde. Inzwischen schienen jedoch auch ihr Zweifel zu kommen.

»Hast du versucht, ihn zu erreichen?«

Lilly nickte. »Aber er geht nicht an sein Handy. Ich lande immer nur auf seiner Mailbox. Und auf meine Nachrichten reagiert er nicht.«

Das war etwas, das sie besonders beunruhigte, denn je länger sie nichts von ihm hörte, desto mehr begann sie zu zweifeln. Hatte er wirklich ernst gemeint, was er gesagt hatte? Oder wollte er ihr auf diese Weise mitteilen, dass er doch nichts mehr von ihr wollte? Diese Fragen ließen das Gefühl der Beklommenheit in ihr immer stärker werden.

Ein bisschen geholfen hatte es, sich in die Vorbereitungen für den Heiligabend zu stürzen. Zumindest was das Essen anging, war der Großteil der Arbeit nämlich an ihr hängen geblieben, weil Emma sich immer wieder um Rob kümmern musste, der seit gestern mit einer fiebrigen Erkältung im Bett lag. Aber es war Lilly ganz recht gewesen, stundenlang zu backen und zu kochen und dann den Baum zu schmücken. Jetzt war jedoch alles fertig, draußen wurde es langsam dunkel, und sie würden bald anfangen zu feiern, ohne dass sie wusste, wie es mit Tom und ihr weiterging.

Emma legte den Arm um Lillys Schultern. »Hey. Dafür gibt es bestimmt eine Erklärung. Wahrscheinlich musste er doch zu seiner Familie.«

»Das hätte er doch sagen können.« Lilly dachte an Toms Worte. Was immer er mit »Auszeit von allem« gemeint hatte, betraf inzwischen offenbar auch sie, und das tat viel schlimmer weh, als sie jemals für möglich gehalten hätte.

»Vielleicht kommt er ja auch einfach nicht durch«, beharrte Emma. »Guck dir an, wie viel Schnee da draußen liegt. So viel hatten wir hier seit Jahren nicht mehr. Könnte doch sein, dass er dadurch aufgehalten wurde.«

Auch diese Möglichkeit hatte Lilly schon in Betracht gezogen, vor allem, weil keine Besserung in Sicht war. Von einem Schneesturm im Norden Englands war in den Nachrichten die Rede gewesen, und darauf war man gerade in dieser Gegend schlecht vorbereitet. Die Straßen im Lake District waren schmal und sehr häufig von Steinmauern umgeben, da konnte man, wenn das Räumfahrzeug noch nicht da war, schnell in einer Schneeverwehung stecken bleiben. Aber irgendetwas sagte Lilly, dass Tom sich nicht aufhalten lassen würde. Wenn er kommen wollte, dann würde er das tun, und die Tatsache, dass er nicht da war, sprach Bände. Wo konnte er denn nur sein?

»Das war Morris Hook«, erklärte Caroline, die ihr Gespräch beendet hatte und das Telefon wieder weglegte. »Er hat sich für unsere Hilfe bedankt und ist sehr glücklich darüber, wie gut seine Figuren sich verkauft haben.«

Tatsächlich waren die geschnitzten Tiere und Menschen der Renner gewesen, und Tom hatte sogar noch einmal Ware nachholen müssen. Tom – Lilly seufzte innerlich, weil sie schon wieder an ihn erinnert wurde.

»Ach, ich bin so froh, dass der Markt ein Erfolg war«,

meinte Caroline, der Lillys Sorgen nicht bewusst waren, und lächelte versonnen. »Die Buden und die Lichter und der Glühwein, genau wie damals in Nürnberg. Das hat viele schöne Erinnerungen zurückgebracht.«

»Sind das denn schöne Erinnerungen?«, fragte Emma. »Ich dachte, du wärst von dem Kerl, den du damals kennengelernt hast, so enttäuscht gewesen.«

Caroline zuckte mit den Schultern. »War ich auch. Aber das heißt ja nicht, dass die Zeit mit ihm nicht schön war.« Sie seufzte. »Es gibt Dinge, die vergisst man nicht, egal wie lange sie zurückliegen. Dieses Weihnachten wird sicher auch so eine Erinnerung werden. Es ist einfach perfekt – und es liegt sogar Schnee!«

»Es könnte ein bisschen weniger sein«, fand Emma. »Wenn das so weitergeht, dann schneien wir hier noch ein.«

»Ach, Papperlapapp«, meinte Caroline auf ihre resolute Art. »Wir haben genug zu essen und zu trinken, also können wir die Welt da draußen ruhig mal für ein paar Tage vergessen und es uns gut gehen lassen. Na ja, in Robs Fall eben so gut, wie er es in seinem Zustand kann«, schränkte sie ein. Dann wurde sie wieder ernst und sah Lilly an. »Apropos Welt da draußen: Das ist wirklich der einzige Wermutstropfen, dass deine Eltern es nicht schaffen. Ich hatte mich so auf die beiden gefreut.«

Lilly nickte und dachte an die bestürzte Stimme ihrer Mutter, als sie ihr hatte mitteilen müssen, dass es mit dem geplanten Weihnachtsbesuch in England doch nicht klappen würde. »Es tut ihnen auch sehr leid. Aber

Dad hat direkt nach Weihnachten einen sehr wichtigen Termin, den er nicht verschieben kann. Sie wollen versuchen, stattdessen an Silvester zu kommen.«

»Oh, das wäre schön!«, meinte Caroline und betrachtete Lilly aufmerksam. »Bist du sehr enttäuscht?«

Lilly zuckte mit den Schultern. »Ein bisschen schon. Aber ich feiere auch sehr gerne mit euch«, erklärte sie und meinte es so. Sie hatte im »King's Arms« schon viele wundervolle Weihnachten verbracht, und tatsächlich fühlte sie sich hier wohler als in Namibia. Ihre Eltern hätte sie natürlich gerne gesehen, aber sie war die langen Trennungen inzwischen gewohnt und wusste, dass die beiden trotzdem an sie dachten und für sie da waren, wenn sie es brauchte. Außerdem war sie durch Toms Verschwinden so aufgewühlt, dass sie gar nicht sicher war, ob sie besonders gesellig sein würde. Deshalb war es vielleicht ganz gut so …

»Wir sind auch sehr froh, dich hier bei uns zu haben!« Caroline blickte Lilly liebevoll an. »Und wir werden es uns auf jeden Fall richtig schön machen, jetzt, wo der ganze Trubel vorbei ist. Die Marktstände müssen wir erst nach den Feiertagen abbauen, die Gäste sind abgereist, und die Pension gehört wieder uns – jetzt kann der gemütliche Teil von Weihnachten beginnen.«

»Oder auch nicht«, meinte Emma und deutete auf den Hof, auf den gerade ein Taxi bog. Das Auto quälte sich mühsam durch die dicke Schneeschicht und hielt direkt vor dem Eingang. »Hat sich noch ein Gast angekündigt?«

Caroline schüttelte den Kopf. »Nicht, dass ich wüsste.« Sie erhob sich, um besser sehen zu können, wer da so überraschend angereist war.

Auch Lilly ließ das Taxi nicht aus den Augen, und ihr Herz klopfte ihr bis zum Hals, weil sie gegen jede Vernunft hoffte, dass es Tom sein würde, der ausstieg. Er war es jedoch nicht – natürlich nicht –, sondern eine Frau mit dunklen Haaren. Lilly konnte ihr Gesicht nicht genau erkennen, weil sie den Kragen ihres Wollmantels hochgeklappt hatte, aber sie wirkte relativ jung. Der Fahrer trug ihr sehr beflissen den Koffer bis zur Tür, was durchaus sinnvoll war, denn als sie sich zur Seite drehte, erkannte Lilly die deutliche Wölbung unter ihrem Mantel – sie war offenbar hochschwanger.

»Hallo! Willkommen im ›King's Arms‹«, begrüßte Caroline die Frau einen Augenblick später im Empfangsraum, in den sie alle drei so schnell gegangen waren, wie Carolines Krücken es zuließen.

»Hallo«, erwiderte die Frau, die noch auf der Schwelle stand, und klopfte sich den Schnee von ihrem Mantel – was Lilly einen Moment gab, um sie näher zu betrachten. Tatsächlich jung, dachte sie. Vielleicht Mitte zwanzig. Und eine ziemliche Erscheinung. Ihre Sachen, die zum Vorschein kamen, als sie ihren Wollmantel aufknöpfte, waren nicht nur schick, sondern wirkten teuer, und ihre feinen Gesichtszüge und die großen blauen Augen gaben ihr eine fast ätherische Schönheit. Trotz ihres deutlich gerundeten Bauchs wirkte sie zerbrechlich, und ihre Blässe und die dunklen Ringe unter ihren Augen unterstützten diesen Eindruck noch.

»Guten Abend«, sagte sie und sah sich neugierig im Empfangsraum um. Dabei stützte sie die Hände in den Rücken, so als würde er ihr Schmerzen bereiten. Dann blieb ihr Blick an Caroline hängen. »Sind Sie Caroline King?«

Caroline nickte überrascht, und die Frau atmete sichtlich auf. »Oh gut. Dann bin ich ja richtig«, sagte sie und streckte die Hand aus. »Ich bin Pippa Finsbury und ich … aahh!«

Sie brach ab, und ein schmerzverzerrter Ausdruck erschien auf ihrem Gesicht. Mit einem Stöhnen lehnte sie sich ein wenig nach vorn und hielt sich den Bauch.

»Mein Gott!«, rief Caroline, während Emma und Lilly der Frau sofort zur Seite sprangen, um ihr irgendwie zu helfen. »Geht es Ihnen nicht gut?«

»Doch, doch«, erwiderte die Frau mit zusammengepressten Zähnen. »Ich müsste mich nur mal kurz setzen. Dann geht es gleich wieder.«

Lilly, Emma und Caroline tauschten erschrockene Blicke.

»Dorthin«, kommandierte Caroline und deutete auf die Sitzecke im Eingangsraum. Doch dann schüttelte sie den Kopf. »Nein, ins Wohnzimmer. Mein Sofa ist bequemer.«

Lilly und Emma hakten die Frau ein, stützten sie auf dem Weg in Carolines Privaträume, wo sie ihr auf die breite Couch halfen.

»Vielen Dank! Es geht schon wieder.« Die Frau hielt sich immer noch den Bauch, doch es schien ihr wieder besser zu gehen, denn sie lehnte sich mit einem erleichterten Seufzen zurück, nachdem Emma ihr aus dem Mantel geholfen hatte.

»Möchten Sie etwas trinken? Einen Tee vielleicht?«, erkundigte sich Caroline. Die Frau nickte.

»Oh, das wäre schön. Die Fahrt hierher war lang, und ich könnte eine Stärkung vertragen.«

Caroline sah Emma an, die den Wink sofort verstand und in die Küche ging, während Lilly und Caroline sich zu der Frau setzten.

»Sind Sie sicher, dass es Ihnen gut geht?« Caroline betrachtete ihren Gast skeptisch. »Wir haben keinen Arzt hier in Barnbarrow, aber eine Freundin von mir ist Hebamme. Ich könnte sie bitten, nach Ihnen zu sehen.«

Das schien sie für die beste Idee zu halten, doch die Frau schüttelte vehement den Kopf.

»Nein, wirklich, es geht schon. Ich habe das manchmal, das geht vorbei!«, beharrte sie. Die Farbe war in ihre Wangen zurückgekehrt, und sie wirkte tatsächlich gelöster, deshalb hakte Caroline nicht mehr nach.

»Was führt Sie denn hierher, Mrs Finsbury?«, fragte sie stattdessen. »Brauchen Sie ein Zimmer?«

Die Frau schüttelte den Kopf. »Nein. Ich muss dringend mit einem Ihrer Gäste sprechen.«

»Oh.« Lilly und Caroline sahen sich überrascht an.

Es war Heiligabend, und die letzten Gäste waren

am Morgen abgereist. Das war eigentlich jedes Jahr so, dass die Pension sich zu Weihnachten leerte, weil alle an den Feiertagen wieder bei ihren Familien sein wollten. Caroline war das ganz recht. Sie nutzte die Tage gerne als Auszeit und nahm für diese Zeit nur ungern Buchungen an. Es war also eher fraglich, dass sie der Frau weiterhelfen konnten.

»Mit wem denn?«, erkundigte sich Caroline.

Die Frau stieß die Luft aus, und es klang wie ein Seufzen.

»Mit Tom Lewis«, sagte sie. »Ich habe seinen Wagen nicht im Hof gesehen. Aber er wohnt doch bei Ihnen, oder?«

15

Lilly konnte sich für einen Moment nicht rühren, sondern starrte nur die Frau an, während die Gedanken sich in ihrem Kopf überschlugen. Auch Caroline war sichtlich schockiert, doch sie fasste sich schnell wieder.

»Tut mir leid, aber Tom ist nicht mehr hier. Er ist gestern Morgen weggefahren.«

»Oh nein! Aber … er hat doch gesagt, dass er bei Ihnen wohnt!« Die Schultern der Frau sanken nach vorn, und Lilly wurde plötzlich übel, als ihr Blick erneut auf den stark gewölbten Bauch der Frau fiel. Sie wollte sich erkundigen, in welchem Verhältnis sie zu Tom stand, doch sie brachte die Worte nicht über die Lippen, weil sie Angst vor der Antwort hatte.

»Wissen Sie, wo ich ihn erreichen kann?«, fragte die Frau. »Ich habe kein Handy dabei, aber vielleicht könnten Sie ihn für mich anrufen?«

»Er ist im Moment nicht zu erreichen, das habe ich schon versucht«, informierte Lilly sie steif und fügte, bevor sie wirklich darüber nachgedacht hatte, hinzu: »Aber er hat gesagt, dass er bald wiederkommt.«

»Wirklich?« Die Miene der jungen Frau hellte sich auf. »Dann warte ich hier auf ihn. Ich meine, wenn das geht. Könnte ich vielleicht doch ein Zimmer bekommen?«

»Natürlich«, versicherte Caroline ihr. »Aber sind Sie sicher, dass Sie bleiben wollen? Heute ist Heiligabend.«

Die Frau zuckte mit den Schultern und wirkte plötzlich bedrückt. »Ich weiß. Aber tatsächlich habe ich gerade keinen besseren Ort, an dem ich Weihnachten feiern könnte.«

Betroffen sahen Caroline und Lilly sich an.

»Dann richten wir Ihnen gleich ein Zimmer, damit Sie sich ausruhen können«, erklärte Caroline resolut, jetzt wieder voll im Pensionswirtin-Modus.

»Danke.« Die junge Frau war sichtlich erleichtert, doch dann huschte ein Schatten über ihr Gesicht, und Lilly sah, wie sie mit sich rang. Offenbar beschäftigte sie etwas, doch sie schien nicht sicher zu sein, ob sie es ansprechen sollte.

»Kann ich sonst noch etwas für Sie tun?«, hakte Caroline nach, die das auch bemerkte.

»Ja, ich … Nein. Ich weiß nicht.« Die Frau zögerte noch einen Moment, dann gab sie sich einen Ruck. »Hat Tom Ihnen gesagt, weshalb er hier war?«

»Hatte er dafür einen Grund?«, fragte Caroline überrascht. »Ich dachte, er wäre zufällig vorbeigekommen.«

Die Frau schüttelte den Kopf. »Er wollte zu Ihnen.«

Lilly starrte die Frau sprachlos an, und auch Caroline war jetzt sichtlich irritiert. »Zu mir? Aber warum denn?«

»Das … ist ein bisschen kompliziert«, erwiderte die Frau, die sich zu ärgern schien, dass sie überhaupt etwas gesagt hatte. »Ich glaube, ich möchte lieber warten, bis Tom zurück ist. Er kann es Ihnen besser erklären.«

Lilly schluckte. Noch eine komplizierte Erklärung, dachte sie und spürte, wie ihre Kehle eng wurde. Wenn Tom gelogen hatte, was seinen Aufenthalt hier anging, was hatte er ihr dann noch alles verschwiegen?

»Aha.« Caroline musterte die junge Frau jetzt misstrauisch, etwas, das ganz untypisch für sie war und das nicht nur Lilly erschreckte.

»Nein, bitte!« Die Stimme der Frau klang flehend, während sie sich unter Carolines Blick wand. »Es ist nichts Schlimmes. Wirklich nicht. Im Gegenteil. Er wollte nur …«

Sie brach ab und legte die Hände auf ihren Bauch, richtete den Blick nach innen. Ihr Atem ging jetzt schwerer, und dann beugte sie sich erneut stöhnend nach vorn. »Oh, verdammt! Nicht schon wieder!«

»Sie müssen dringend in ein Krankenhaus!«, erklärte Caroline, diesmal sehr vehement, und betrachtete ihre Besucherin mit großer Sorge. »Ich glaube, Sie haben Wehen.«

»Nein, das … kann nicht sein«, stieß die Frau hervor.

»Das Baby … kommt erst in zwei Wochen. Das … sind nur Vorwehen.«

Caroline schüttelte den Kopf. »Glauben Sie mir, wenn Sie das einmal mitgemacht haben, dann kennen Sie den Unterschied zwischen Vorwehen und echten Wehen. Ihr Kind ist auf dem Weg, und wir sollten Sie schleunigst in eine Klinik bringen.«

Die Frau entspannte sich wieder, offenbar hatten ihre Schmerzen nachgelassen. Erschöpft lehnte sie sich zurück.

»Sehen Sie, es ist vorbei«, sagte sie mit einem matten Lächeln. »Es ist nichts, wirklich. Die letzten zwei Tage waren ziemlich anstrengend für mich. Ich war die ganze Zeit unterwegs und bin einfach ein bisschen erschöpft. Wenn Sie ein Zimmer für mich haben, dann lege ich mich eine Weile hin, und dann geht es mir sicher bald wieder besser.«

Daran schien Caroline große Zweifel zu haben, aber da Emma in diesem Augenblick zurückkehrte und das Tablett mit der Teekanne und den Tassen auf dem Couchtisch abstellte, ging sie nicht mehr darauf ein, sondern bedeutete Lilly, ihr in den Flur zu folgen, während Emma ihrem Gast einen Tee servierte.

»Sie hat Wehen, ob sie das nun wahrhaben will oder nicht«, sagte sie leise zu Lilly und sah zu der Frau, die sich jetzt mit Emma unterhielt und wieder entspannt lächelte. »Du weißt doch, wo mein Autoschlüssel liegt. Nimm den Wagen, und fahr runter zu Mary Atkins. Sag ihr, dass es ein Notfall ist, und bring sie her. Vielleicht glaubt diese Pippa Finsbury ja einer erfahrenen Hebamme, dass sie in ihrem Zustand im Krankenhaus sehr viel besser aufgehoben wäre.«

Lilly nickte und versuchte, das beklommene Gefühl runterzuschlucken, das in ihr hochstieg. Aber sie konnte die Frage, die sie schon die ganze Zeit quälte, einfach nicht mehr zurückhalten.

»Denkst du, es ist sein Kind?«

Carolines Miene wurde grimmig. »Ich weiß es nicht. Aber eins steht fest: Tom Lewis wird eine Menge zu erklären haben, wenn er wieder hier ist.« Sie legte die Hand auf Lillys Arm, schob sie in Richtung Tür. »Beeil dich, ja? Ich würde mich sehr viel wohler fühlen, wenn Mary hier wäre.«

Sie macht sich wirklich Sorgen, dachte Lilly, während sie ihre Jacke und die Autoschlüssel holte und hinaus auf den verschneiten Hof lief. Carolines Jeep war erst gestern Abend aus der Werkstatt zurückgekommen und wirkte wieder wie neu – sofern man das von einem Auto behaupten konnte, das schon fast ein Oldtimer war. Caroline besaß den Wagen schon seit einer Ewigkeit und hatte ihn – gegen den Rat des Mechanikers, der ihn nach dem Unfallschaden eigentlich abschreiben wollte – wieder reparieren lassen. Was sich jetzt gerade als sehr praktisch erwies, denn das hohe Auto besaß einen Allradantrieb und hatte mit der Wetterlage keine Probleme.

Schon wenige Minuten später erreichte Lilly das Haus von Mary Atkins. Die Hebamme, die schon viele

Jahre gut mit Caroline befreundet war, schien sich über Lillys Anliegen nicht zu wundern und zögerte auch nicht, sondern holte sofort ihre Tasche. Ein paar Minuten später waren sie bereits auf dem Rückweg.

»Es tut mir leid«, sagte Lilly, die ein schlechtes Gewissen hatte, weil sie Mary aus den Weihnachtsvorbereitungen hatte reißen müssen. Doch die Frau mit den dunklen, schon leicht ergrauten Haaren lächelte nur.

»Ich hatte in meiner Laufbahn schon so einige Christkinder, die ausgerechnet an Weihnachten kommen wollten«, erklärte sie und lächelte auf diese sehr gelassene Art, die Lilly immer an ihr bewundert hatte. Mary war so schnell nicht aus der Ruhe zu bringen, und das übertrug sich auch auf Lilly, half ihr dabei, nicht durchzudrehen. Ihre Gedanken überschlugen sich immer noch, und statt Antworten tauchten immer neue Fragen auf.

Wer war diese Pippa Finsbury? Und was hatte sie damit gemeint, dass Tom absichtlich ins »King's Arms« gekommen war?

Es ist nichts Schlimmes.

Pah, dachte Lilly und spürte Wut in sich aufsteigen. Was konnte nicht schlimm daran sein, festzustellen, dass Tom sie alle belogen hatte? Er würde einen sehr guten Grund brauchen, um das zu rechtfertigen, und auch wenn ein Teil von ihr ihm weiter vertrauen wollte, konnte Lilly sich einfach nicht vorstellen, was das sein sollte.

»Na sowas«, meinte Mary und deutete auf den schwarzen Citroën, der kurz vor der Hofeinfahrt zum

»King's Arms« am Straßenrand geparkt war. Es war eines dieser Modelle, die man aus alten Mafia-Filmen kannte, deshalb fiel es einem sofort ins Auge. Das Fenster auf der Fahrerseite war heruntergekurbelt, und man konnte den Mann hinter dem Steuer gut erkennen, der mit seinen schulterlangen weißblonden Haaren ähnlich auffällig war wie sein Wagen. »Den Kerl habe ich heute Morgen schon gesehen, als ich noch ein paar Sachen in Peggys Laden gekauft habe. Er stand mit seinem Auto auf dem Marktplatz und ist nicht ausgestiegen, hat nur die ganze Zeit die Leute angesehen, so als würde er auf irgendetwas warten.« Sie sah Lilly an. »Was will der von euch?«

»Keine Ahnung«, meinte Lilly abgelenkt und achtete nicht mehr auf den Citroën, sondern auf das zweite Auto, das auf dem Hof direkt vor dem Eingang stand. Sie erkannte den Wagen sofort, genau wie den Fahrer, der gerade ausstieg.

Rasch fuhr sie den Jeep zurück in die Scheune und entschuldigte sich bei Mary, die ihr zunickte und mit ihrer Hebammen-Tasche ins Haus ging. Lilly dagegen blieb vor dem grauen Lexus stehen und starrte den Mann an, der daneben auf sie wartete.

»Phil?«, sagte sie ziemlich fassungslos und erwiderte das Lächeln nicht, mit dem ihr Exfreund ihr entgegenblickte. Die dicken Schneeflocken, die vom Himmel fielen, schmolzen auf seinem blonden Haar und auf seinem Anzugjackett, was er gar nicht zu bemerken schien.

Für einen Moment fragte Lilly sich, woher er gewusst hatte, dass er sie hier finden würde. Sie musste es den Kollegen gegenüber erwähnt haben, bevor sie ging. Oder Phil hatte sie auf gut Glück hier gesucht. Schließlich kannte er sie gut genug, um zu wissen, dass sie gerne bei Caroline Zuflucht suchte. Das erklärte jedoch noch nicht, weshalb er gekommen war.

»Was willst du hier?«

Phils Lächeln schwand.

»Ich muss mit dir reden«, sagte er, und Lilly stellte erstaunt fest, dass er zum ersten Mal, seit sie sich kannten, tatsächlich unsicher wirkte.

16

Lilly?«, hakte Phil nach, weil sie nicht reagierte, und sein Blick wirkte flehend. »Können wir reden?«

»Ich wüsste nicht, worüber«, erwiderte sie, erstaunt darüber, mit wie viel Distanz sie ihn betrachten konnte. Fast so, als wäre ihre Trennung schon viel länger her als nur ein paar Wochen. An seine Worte erinnerte sie sich jedoch noch sehr gut. »Du warst bei unserem letzten Gespräch mehr als deutlich.«

»Darüber will ich ja mit dir reden«, beharrte er und kam einen Schritt auf sie zu. »Und über deine Kündigung.«

Lilly biss die Zähne aufeinander und kämpfte mit sich. Sie wusste, dass sie ihm eigentlich die kalte Schulter zeigen und ihn wegschicken sollte. Genauso wie er es mit ihr gemacht hatte. Er verdiente keine zweite Chance, schließlich hatte er ihr auch keine gegeben. Aber ihre Neugier siegte über ihren Stolz. Mit ernster Miene deutete sie auf den Eingang zur Pension.

»Also gut. Aber nicht hier. Wir können drinnen reden«, sagte sie, weil sie nicht weiter in der Kälte stehen wollte. Phil, der offenbar nicht mal eine Jacke dabeihatte, nickte dankbar und folgte ihr ins Haus.

Auf dem Weg blickte Lilly zu dem schwarzen Citroën hinüber, der immer noch vor der Hofeinfahrt parkte. Der Fahrer saß nach wie vor hinter dem Steuer. Er hatte sein Handy am Ohr und redete aufgeregt mit jemandem, dann startete er den Motor, wendete und fuhr die Straße hinunter. Komischer Typ, dachte Lilly, als sie die Pension betrat. Aber sie hatte jetzt wirklich Wichtigeres zu tun, als weiter über ihn nachzudenken.

Der Empfangsraum war leer, aber man hörte aufgeregte Stimmen und ein lautes Stöhnen aus der nur angelehnten Tür zu Carolines Wohnung. Offenbar diskutierten Caroline und Mary immer noch mit der schwangeren Besucherin, die tatsächlich Wehen zu haben schien, und hatten keine Ahnung, dass ein weiterer unerwarteter Gast eingetroffen war. Lilly überlegte kurz, ob sie mit Phil auf ihr Zimmer gehen sollte, entschied sich dann jedoch für den Frühstücksraum. Mehrere Tische standen dort dicht beieinander, aber Lilly bot ihm keinen Platz an, sondern blieb stehen und verschränkte die Arme vor der Brust.

»Und?«, fragte sie, erstaunt darüber, wie wenig sie empfand, während sie ihn betrachtete. »Was gibt es so Wichtiges?«

»Dich«, erwiderte Phil und lächelte nervös, als Lilly nur die Augenbrauen hob.

»Mich?«

Er nickte, ziemlich heftig sogar. »Ich möchte, dass du wieder zu mir zurückkommst.«

Lilly starrte ihn nur schweigend an, und er schien das als gutes Zeichen zu werten, denn er redete hektisch weiter.

»Es tut mir schrecklich leid, was ich getan habe. Und was ich zu dir gesagt habe. Das war unverzeihlich, das weiß ich.« Er begann im Zimmer auf und ab zu gehen, ruderte mit den Armen, was er immer tat, wenn er sehr aufgeregt war. »Ich kann es mir selbst nicht mehr erklären. Ich war ... verblendet. Ich konnte nicht mehr klar denken, weil Miranda mir so den Kopf verdreht hatte. Aber jetzt weiß ich, dass ich einen schrecklichen Fehler gemacht habe. Ich hätte niemals etwas mit ihr anfangen dürfen.«

Er wirkte zerknirscht, was Lilly vielleicht beeindruckt hätte, wenn sie nicht so damit beschäftigt gewesen wäre, die in seiner kleinen Ansprache enthaltenen Informationen zu deuten.

»Soll das heißen, du hast dich von Miranda getrennt?«

»Ja.« Auf seinem Gesicht erschien jetzt ein fast angewiderter Ausdruck. »Wir haben festgestellt, dass wir nicht zusammenpassen. Sie ist furchtbar chaotisch und rechthaberisch und lässt nicht mit sich reden, egal, um was es geht. Immer weiß sie alles besser und kann alles besser, das habe ich einfach nicht mehr ausgehalten. Wir haben nur noch gestritten in der letzten Zeit, und jetzt hat sie mir alles vor die

Füße geworfen, unsere Beziehung und auch den Job als Projektleiterin, den sie gerade erst übernommen hatte – weil sie ein besseres Angebot von Van Buren bekommen hat.«

Er sprach den Namen des härtesten Konkurrenten von *Peterborough & Stockton* voller Verachtung aus, und Lilly konnte ihm ansehen, dass er kochte. Er hasste es, gegen Sam Van Buren zu verlieren, dessen Agentur größer und erfolgreicher war als seine eigene, und es musste ein Schlag ins Gesicht für ihn sein, dass Miranda dorthin wechseln wollte.

»Ich glaube, das war von Anfang an ihr Plan. Es ging ihr nie um mich, sie hat mich nur als Karrieresprungbrett benutzt.«

»Das … tut mir leid«, sagte Lilly, aber das stimmte nicht. Eigentlich war sie sogar sehr erfreut darüber, dass Phil eingestehen musste, dass er sich in seiner ach so tollen neuen Freundin gründlich getäuscht hatte.

»Mir auch!«

Phil ließ sich auf einen der Stühle sinken und fuhr sich mit der Hand durchs Haar.

»Mit dir wäre das alles nicht passiert.« In seiner Stimme schwang Wehmut mit. »Du hättest mich niemals im Stich gelassen. Und als ich heute Morgen in unserer Wohnung saß, musste ich an all die Weihnachtsfeste denken, die wir zusammen gefeiert haben, und wie schön die Zeit mit dir war. Du hast mir plötzlich schrecklich gefehlt, und mir ist klar geworden, was ich aufgegeben habe. Deshalb bin ich hier. Weil ich das alles wiederhaben will. Ich will dich zurück, Lilly, in meiner Firma und in meinem Leben!«

Er lächelte und schien zu erwarten, dass Lilly das ebenfalls tat. Sie dachte jedoch gar nicht daran, was ihn sichtlich nervös machte. Hastig kam er einen Schritt näher, sah sie flehend an.

»Komm wieder mit nach London, Lilly, ja? Bitte. Wir fangen einfach noch mal neu an und vergessen, was gewesen ist. Und diesmal machen wir es richtig. Du bekommst die Stelle als Projektleiterin. Du warst ohnehin immer für den Job vorgesehen, es war von Anfang an eigentlich deiner. Und wir werden heiraten und nach Hampstead ziehen, genau wie du es immer wolltest. Was meinst du?«

Lilly meinte gar nichts, weil sie viel zu erstaunt über das war, was Phil ihr da anbot.

Es war das, was sie von ihm hatte hören wollen – das, was sie sich immer gewünscht hatte. Eine Villa im Grünen war für sie immer schon der Inbegriff eines friedlichen Ortes gewesen, und die Häuser in Hampstead, nah an der Londoner Innenstadt, aber trotzdem sehr idyllisch gelegen, kamen dem schon recht nah. Wie oft hatte sie sich vorgestellt, dort zu wohnen und Phils Kinder großzuziehen, während sie gemeinsam die Agentur zu neuen Erfolgen führten.

Das konnte sie jetzt haben, sie konnte genau dort weitermachen, wo sie vor drei Monaten aufgehört hatte, und bis vor ein paar Wochen wäre ein solches Angebot von Phil ihr absoluter Traum gewesen.

Doch als sie in sich hineinhörte, fühlte sie gar nichts. Keine Begeisterung, keinen Triumph, nicht mal Genugtuung. Sie war einfach nur traurig.

Er hatte nämlich recht, sie hätte ihn tatsächlich niemals im Stich gelassen. Weil sie ein zutiefst loyaler Mensch war und Phil vertraut hatte. Weil sie an ihrem Traum vom Glück festgehalten hatte, obwohl sie jetzt, mit ein bisschen Abstand, erkennen konnte, dass zwischen ihnen längst nicht alles so harmonisch gewesen war, wie sie hatte glauben wollen.

Phil liebte sie nicht, jedenfalls nicht so, wie sie es sich gewünscht hätte. Das hatte sie lange ignoriert, aber jetzt fiel ihr auf, wie unaufmerksam er die ganzen Jahre über gewesen war. Nichts von dem, was ihr wichtig war, hatte für ihn gezählt. Es war letztlich immer nur um ihn gegangen, darum, wie sie ihn als seine Freundin in seinen Plänen unterstützen konnte. Darin war sie gut gewesen, und nur deshalb hatte ihre Beziehung so lange gehalten. Andere Frauen waren dazu offenbar nicht bereit, sondern verfolgten ihre eigenen Ziele. Mit ihr hatte Phil es da viel bequemer gehabt, und weil ihm das klar geworden war, stand er wieder hier und sah sie mit diesem bittenden Blick an, der sie in der Vergangenheit so oft hatte nachgeben lassen.

Aber diesmal nicht. Weil sie jetzt wusste, wie rücksichtslos und brutal er sein konnte. Es hatte ihn nicht interessiert, dass er sie verletzt hatte, er hatte nicht ein einziges Mal zurückgeblickt, sondern von ihr erwartet, dass sie sich mit seiner Entscheidung abfand. Vermutlich hatte er überhaupt keinen Gedanken mehr an sie verschwendet, solange er mit Miranda glücklich gewesen war. Erst jetzt, wo er selbst verlassen worden war, erinnerte er sich wieder an sie und wollte zurück in ihre alte, bequeme Beziehung.

Nur gab es die Lilly, mit der er zusammen gewesen war, inzwischen nicht mehr. Sie hatte sich verändert, und auch ihre Gefühle für ihn waren nicht mehr dieselben. Sie würden es nie mehr sein, nachdem er sie so enttäuscht hatte. Deshalb zuckte sie nur mit den Schultern.

»Es ist zu spät, Phil.«

»Zu spät?« Er runzelte die Stirn. »Was soll das heißen?«

»Es heißt Nein«, erklärte sie ihm ruhig. »Ich komme nicht mit dir zurück nach London. Und ich arbeite auch nicht mehr für dich.«

Für einen Moment schien Phil sprachlos zu sein.

»Aber … es tut mir wirklich leid, Lilly!«

Dass er tatsächlich zu glauben schien, eine Entschuldigung würde reichen, um alles ungeschehen zu machen, ließ Lilly traurig lächeln.

»Mir tut es auch leid, Phil. Aber ich liebe dich nicht mehr.«

Vielleicht war ihr das erst in dieser Sekunde wirklich bewusst, und es auszusprechen tat unglaublich gut. Mit einem befreiten Gefühl in der Brust hielt sie Phils ungläubigem Blick stand.

Er war ein sehr zielstrebiger Mann, der normalerweise bekam, was er wollte – jedenfalls im Geschäftsleben. Nicht umsonst war er mit seiner Agentur erfolgreich. Aber gerade weil ihm so viel gelang, hatte er schon immer Schwierigkeiten damit gehabt, eine Niederlage zu verkraften.

»Hast du einen anderen?«, fragte er und musterte sie so misstrauisch, dass Lilly nicht wusste, ob sie entrüstet, enttäuscht oder belustigt sein sollte. Auf die Idee, dass sie ihn einfach nicht mehr wollte, weil er sich wie ein komplettes Arschloch verhalten hatte, schien er gar nicht zu kommen. Und das bestärkte Lilly in ihrem Entschluss. Doch als sie ihm gerade noch mal die Meinung sagen wollte, stürmte Emma plötzlich in den Speiseraum.

»Diese Protzkarre, die da im Hof steht – das ist doch hoffentlich ...«

Sie hielt inne, als sie sah, dass Lilly nicht allein war.

»Nicht Phil«, beendete sie ihren Satz und funkelte Lillys Exfreund so böse an, dass Lilly fast gelacht hätte. »Was will der denn hier?«

Phil ignorierte sie und starrte weiter Lilly an. »Beantworte meine Frage«, drängte er. »Hast du einen anderen?«

»Ja, hat sie«, erklärte Emma, ehe Lilly etwas sagen konnte, und hakte sich bei ihr ein. »Er heißt Tom und er ist ein wirklich toller Kerl. Was man von dir ja leider nicht behaupten kann. Und mal ehrlich, Phil – du hast doch nicht wirklich geglaubt, dass Lilly dir auch nur eine Sekunde hinterhertrauert, nach allem, was du dir geleistet hast, oder?«

Phil sah irritiert zwischen Emma und Lilly hin und her, offenbar nicht sicher, ob er das glauben konnte.

»Ist das wahr, Lilly?«

Lilly zögerte einen Moment, dann nickte sie. Denn auch wenn sie gerade sehr wütend auf Tom war und er eine Menge zu erklären hatte: Er war es, an den sie dachte, und nicht mehr Phil. Natürlich hatte sie Angst, dass Tom ihr wehtun würde, und angesichts der Tatsache, dass sie eine Frau im Haus hatten, die vielleicht gerade sein Baby bekam, schien das sogar ziemlich wahrscheinlich zu sein. Aber sie konnte trotzdem nichts gegen ihre Gefühle tun. »Ja, es ist wahr.«

Diesmal schwieg Phil wirklich lange.

»Dann haben wir uns nichts mehr zu sagen«, befand er und schaffte es, diese Worte so klingen zu lassen, als wenn das Lillys Schuld wäre. Doch es machte ihr nichts mehr aus. Sie deutete in Richtung Tür.

»Vielleicht wäre es dann das Beste, wenn du jetzt gehst.«

Schweigend drehte Phil sich um und verließ den Frühstücksraum.

Lilly folgte ihm mit Emma bis zur Haustür, wo er noch einmal stehen blieb.

»Das wirst du bereuen, Lilly«, sagte er grimmig, doch Lilly sah die Unsicherheit in seinen Augen. Offenbar hatte er nicht mit einer Abfuhr gerechnet, und es nagte an seinem Selbstwertgefühl. Was Lilly irgendwie gerecht fand.

»Leb wohl, Phil«, sagte sie und meinte es auch so.

Phil erwiderte den Abschiedsgruß nicht, sondern drehte sich wortlos um und ging nach draußen, stieg in seinen Wagen. Der Motor des Lexus heulte auf, und einen Augenblick später kämpfte sich der graue Sportwagen durch den Schnee auf die Straße und verschwand den Berg hinunter.

»Ich hoffe, er bleibt irgendwo stecken und friert fest, dieser herzlose Bastard.«

»Emma!«, ermahnte Lilly sie, während sie die Haustür wieder schloss, konnte sich ein Schmunzeln aber nicht verkneifen.

»Ist doch wahr«, beharrte Emma und betrachtete Lilly genauer. »Wie fühlst du dich?«

Lilly verzog den Mund. »Ich weiß nicht. Besser, was Phil angeht. Ich glaube, ich habe jetzt erst wirklich begriffen, dass ich mit ihm nie glücklich geworden wäre. Aber wieso hast du behauptet, ich wäre mit Tom zusammen? Ich weiß nicht mal, wo er ist. Und ein netter Kerl ist er auch nicht, wenn er etwas mit mir anfängt, obwohl diese Pippa offensichtlich ein Kind von ihm bekommt.«

»Wir wissen doch noch gar nicht, ob es von ihm ist.«

»Aber wer ist sie dann? Und was hat sie mit Tom zu tun?«

Emma zuckte mit den Schultern. »Keine Ahnung. Ich glaube, außer ihrem Namen hat sie noch nicht viel verraten. Sie ist im Moment allerdings auch nicht besonders gesprächig. Ich war gerade mal kurz drin bei ihr. Sie hat starke Wehen, und Mary bleibt erst mal, um zu sehen, wie sich die Lage entwickelt. Aber ich schätze, wir werden sie bald ins Krankenhaus fahren müssen.«

»Ich fürchte, dafür ist es zu spät«, meinte Mary, die plötzlich hinter ihnen stand, und schüttelte nachdenklich den Kopf. »Die Fruchtblase ist eben geplatzt, und der Muttermund hat sich schon fast vollständig geöffnet. Selbst wenn wir wollten, wir würden es nicht mehr rechtzeitig in die Klinik schaffen.«

»Aber ...« Emma starrte sie ziemlich entsetzt an. »Sie kann das Baby doch nicht hier kriegen!«

Mary lachte. »Wieso denn nicht? Früher haben die Frauen die Kinder immer zuhause bekommen. Und da die Alternative ein kaltes Auto wäre, ist sie hier definitiv besser aufgehoben.«

»Und wenn es Komplikationen gibt?«

Auch dieser Einwand brachte Mary nicht aus der Ruhe. »Das Risiko, dass wir in einer Schneewehe stecken bleiben, wenn wir versuchen, sie in die Klinik zu fahren, halte ich für wesentlich größer. Der Verlauf der Geburt ist bis jetzt völlig normal, die Wehen sind stark, das Kind liegt richtig – also spricht in meinen Augen nichts gegen eine Hausgeburt.« Sie stemmte die Hände in die Hüften. »Allerdings brauche ich eure Hilfe. Wir müssen nämlich ein paar Vorbereitungen treffen.«

Lilly schluckte und fragte sich erneut, ob es wohl Toms Kind war, das da bald zur Welt kommen würde. Mit einem beklommenen Gefühl folgte sie Mary in eines der Gästezimmer, das sie als Geburtszimmer auserkoren hatte und das sie alle zusammen herrichten sollten. Wie sich herausstellte, waren es mehr als nur ein paar Vorbereitungen, denn für eine Weile waren sie alle damit beschäftigt, Möbel zu verrücken, Folien und Laken zu verteilen, Schüsseln zu besorgen und Handtücher anzuwärmen. Erst als Pippa Finsbury sicher in dem vorbereiteten Geburtsbett lag, entließ Mary sie wieder und schickte sie aus dem Zimmer. Nur Caroline durfte bleiben, um dabei zu helfen, die sehr aufgeregte Frau zu beruhigen, die jetzt sichtlich unter den Wehen litt. Deshalb standen Emma und Lilly schließlich ziemlich abgekämpft wieder im Empfangsraum.

»Wenn mir vor drei Tagen jemand gesagt hätte, dass ich den Heiligabend damit verbringe, meinen kranken Freund zu pflegen und eine Geburt vorzubereiten, den hätte ich glatt für verrückt erklärt«, meinte Emma und verzog das Gesicht, als man von oben einen Schrei hörte. »Du meine Güte, ich glaube, das mit dem Kinderkriegen überlege ich mir noch mal.«

Sie lauschten einen Moment, doch jetzt war alles ruhig. Emma unterdrückte ein Gähnen. »Apropos kranker Freund: Ich sollte mal nach Rob sehen. Wahrscheinlich denkt der Arme schon, dass ich ihn vergessen habe. Aber vorher mache ich uns noch einen Tee. Wir können alle eine Stärkung gebrauchen.«

»Das übernehme ich«, erklärte Lilly resolut und schob Emma in Richtung Treppe. »Kümmere du dich um Rob. Ich bringe euch den Tee gleich rauf.«

Als sie ein paar Minuten später mit dem Tablett in der Hand an das Zimmer der beiden klopfte, kam jedoch keine Antwort, und als sie vorsichtig nachsah, stellte sie fest, dass nicht nur Rob schlief, sondern auch Emma, die sich neben ihm ins Bett gelegt hatte. Die Tatsache, dass sie sicher eine genauso unruhige Nacht gehabt hatte wie ihr Freund, forderte jetzt offenbar ihren Tribut, deshalb weckte Lilly sie nicht, sondern brachte den Tee stattdessen zu Mary und Caroline. Die Geburt schien jedoch mit großen Schritten voranzuschreiten, denn vor der Tür hörte sie die Schreie der Frau und Marys angespannte Stimme, die ihr Anweisungen gab. Für eine Teepause schien gerade keine Zeit zu sein, deshalb trug Lilly das Tablett zurück in die Küche. Unschlüssig, was sie jetzt tun sollte, setzte sie sich in Carolines Wohnzimmer.

Draußen war es bereits dunkel geworden, und es schneite immer noch, aber nicht mehr ganz so heftig. Eigentlich wären sie um diese Zeit alle schon auf dem Weg in die Dorfkirche zur Christmette gewesen, überlegte Lilly, während sie mit ihrem Becher Tee in der Hand den geschmückten Weihnachtsbaum betrachtete. Aber war das nicht nur ein weiterer Beweis dafür, wie unberechenbar das Leben sein konnte?

Sie hatte das schmerzhaft lernen müssen, als Phil ihre Beziehung einfach so von einer Minute auf die andere beendet hatte, und sie war fest davon überzeugt gewesen, dass es das Ende der Welt für sie war. Sie hatte Angst vor dem gehabt, was danach kommen würde, war geradezu paralysiert gewesen, weil sie den Weg, den sie für sich vorgesehen hatte, gezwungenermaßen verlassen musste. Und jetzt?

Lilly horchte in sich hinein und stellte fest, dass sie erleichtert war. Seit ihrer Ankunft in Barnbarrow hatte sie mehr über sich gelernt als in den vergangenen fünf Jahren. Es hatte so viel Spaß gemacht, sich für den Weihnachtsmarkt einzusetzen, es hatte ihr am Herzen gelegen, dass es klappte, und sie wusste plötzlich, dass es das war, was sie von jetzt an tun wollte. Sie wollte keine austauschbare, seelenlose Werbung mehr für Produkte machen, hinter denen sie im Zweifel gar nicht stand – sie wollte sich auf eine Sache konzentrieren, die ihre Energie wert war. Sie wollte zusehen, wie ein Projekt unter ihrer Leitung florierte und sich entwickelte, wie ihre Arbeit langfristig Früchte trug. Was genau das für ein Projekt sein würde, konnte sie noch nicht sagen, aber das war ihr Weg. Das hätte sie vielleicht nie erkannt, wenn Phil sich nicht von ihr getrennt hätte. Und dann wäre ihr auch Tom nie begegnet …

Seufzend umfasste Lilly ihren Becher ein bisschen fester, als sein lächelndes Gesicht vor ihr auftauchte. Sie hatte keine Ahnung, was mit ihm werden würde, aber im Moment hätte sie die Villa im Grünen, von der sie so lange geträumt hatte, ohne zu zögern gegen eine Fahrt in einem verbeulten alten Lieferwagen getauscht …

Boy, der zusammen mit Girl auf seiner Decke in einer Ecke des Wohnzimmers gelegen hatte, stand plötzlich neben Lilly und legte seinen Kopf auf ihr Knie. Überrascht kraulte Lilly ihn hinter den Ohren und streichelte auch Girl, die ebenfalls zu ihr kam. Dann erst wurde ihr klar, was die beiden Retriever ihr damit sagen wollten.

»Ihr wollt mal raus, oder? Na, dann kommt.«

Froh darüber, wieder eine Aufgabe zu haben, erhob Lilly sich und holte ihre Jacke und die gefütterten Gummistiefel von Caroline, die sie bei dem Wetter brauchen würde. Die beiden Hunde folgten ihr schwanzwedelnd nach draußen in den Hof.

Lilly nahm den Weg, der neben der Scheune entlang auf das freie Feld führte, das sich hinter dem Haus öffnete, und stapfte durch den tiefen Schnee, bis die Lichter vom Haus schwächer wurden. Ihre Augen gewöhnten sich schnell an die Dunkelheit, und sie erkannte die Schatten der Bäume und der Berge genauso wie die Lichter des Dorfes, die bis zu ihr herüberschienen. Ihr Atem bildete eine Wolke vor ihrem Gesicht, und sie lauschte in die Stille, die sich mit der Schneedecke über alles gelegt zu haben schien. Friedlich wirkte die Welt an diesem Heiligabend und fast idyllisch in ihrem weißen Winterkleid, aber Lilly konnte es nicht genießen.

»Boy! Girl! Hierher!«, rief sie, als ihre innere Unruhe zu stark wurde, und ging zurück zum Haus. Die Retriever folgten ihr und blieben in ihrer Nähe. Als sie die Rückseite der Scheune schon fast erreicht hatte, schossen die beiden jedoch plötzlich los und bogen bellend um die Hausecke. Überrascht und auch ein bisschen besorgt folgte Lilly ihnen auf den erleuchteten Hof und sah, dass gerade ein nagelneuer nachtschwarzer Range Rover mit ziemlichem Tempo auf den Hof bog. Direkt vor dem Eingang blieb er stehen, und Lilly wollte sich gerade fragen, wer ihnen jetzt wohl noch einen Besuch abstattete. Doch dann blieb sie abrupt stehen und starrte den großen, dunkelhaarigen Mann an, der aus dem Wagen stieg und die Hunde begrüßte.

17

»Tom!«, rief Lilly, doch er hörte sie nicht, vielleicht weil die Hunde ihm bellend um die Füße sprangen. Jedenfalls blickte er nicht in ihre Richtung, sondern ging zügig auf die Haustür zu, hatte sie geöffnet, bevor Lilly noch mal Luft holen konnte. »Tom, warte!«

So schnell sie konnte, überquerte sie den Hof und erreichte kurze Zeit später die Tür. Tom hatte die Hunde offenbar in alter Gewohnheit schon wieder in die Küche gelassen, denn er stand allein im Empfangsraum, als Lilly ihn betrat, und sah sich unschlüssig um.

»Tom!«

Er fuhr zu ihr herum, und ihr fiel sofort auf, dass er glatt rasiert war. Er sah überhaupt anders aus als sonst, weil seine Sachen – eine dunkle Jeans und ein dunkelblauer Pullover über einem hellblauen Hemd zu einer gefütterten, ebenfalls dunkelblauen Jacke –, nicht so abgetragen waren wie sonst. Sie standen ihm gut, aber er wirkte trotzdem blass, und unter seinen Augen lagen dunkle Ringe. Als er sie erkannte, hellte sein Gesicht sich auf.

»Lilly!« Er legte die Hände um ihre Schultern. »Wo ist Pippa?«

Lilly schluckte hart und deutete die Treppe hinauf, enttäuscht darüber, dass seine erste Frage nicht ihr, sondern der fremden Frau galt. »In Zimmer vier.«

Wie zur Bestätigung hörte man von oben ein lautes Stöhnen. Tom wurde blass und wollte sofort die Treppe nach oben stürmen. Aber Lilly hielt ihn zurück.

»Tom, wer ist diese Frau? Was hast du mit ihr zu tun?«

Sie hielt seinen Blick fest und versuchte, darin zu lesen, aber es stand nur Sorge darin.

»Lilly, ich ...«

»Tom? Bist du das?« Pippa tauchte oben an der Treppe auf. Sie trug jetzt ein Nachthemd von Caroline und klammerte sich am Geländer fest, während sie zu ihnen nach unten blickte. Als sie Tom erkannte, brach sie in Tränen aus und streckte ihm die Hände entgegen. »Oh, Gott sei Dank!«

Tom machte sich von Lilly los und lief die Treppe hinauf. Sofort fiel ihm Pippa um den Hals, und er schloss die Arme fest um sie.

»Es tut mir so leid«, schluchzte sie. »Ich wollte das nicht.«

»Schon gut«, beruhigte er sie und strich ihr über den Rücken. Dann setzte offenbar die nächste Wehe ein, denn sie löste sich wieder von ihm und krümmte sich. Mary kam jetzt ebenfalls dazu.

»Kommen Sie wieder rein«, ordnete sie an und hakte die stöhnende Pippa unter, führte sie mit Toms Hilfe zurück ins Zimmer – und aus Lillys Sichtfeld.

Wie versteinert stand sie unten im Empfangsraum und versuchte, das alles zu begreifen. Vor ein paar Augenblicken hatte sie noch gehofft, dass Tom eine Erklärung hatte, aber jetzt empfand sie plötzlich nur noch Leere.

Diese Frau gehörte zu ihm, das war völlig offensichtlich, und Lilly musste die Augen schließen, um das Bild zu verdrängen, das unweigerlich vor ihr auftauchte: Tom an der Seite der unglaublich hübschen Pippa Finsbury, die so viel besser zu ihm passte als Lilly selbst. Keine Frage, für wen er sich entscheiden würde, dachte sie und schluckte gegen den Kloß an, der ihr die Kehle eng machte.

Plötzlich hielt sie es nicht mehr aus, hier zu stehen und darauf zu warten, dass Tom zurückkam und ihr mitteilte, dass sie nur ein netter Zeitvertreib während seiner »Auszeit« gewesen war und dass er sich jetzt wieder um die Frau kümmern musste, die sein Kind erwartete. Deshalb drehte sie auf dem Absatz um und verließ die Pension.

Während sie den Hof überquerte, fiel ihr Blick auf den schwarzen Range Rover, und sie fragte sich, wieso Tom mit diesem schicken Wagen und nicht mit seinem alten Lieferwagen gekommen war. Aber eigentlich war es auch egal, es spielte keine Rolle mehr, was er sonst noch für Geheimnisse hatte. Das ging sie nichts mehr an, sie musste nur weg von hier, je weiter, desto besser. Deshalb beschleunigte sie ihre Schritte und lief die Straße hinunter. Tränen brannten in ihren Augen, doch sie ballte die Hände zu Fäusten und kämpfte dagegen an, hielt sich an der Wut fest, die in ihrer Brust wütete.

Wie hatte sie sich so in ihm täuschen können? Ihr Instinkt hatte ihr gleich gesagt, dass etwas mit ihm nicht stimmte, aber er hatte es irgendwie geschafft, trotzdem ihr Vertrauen zu gewinnen. Sie hatte ihm geglaubt, dass sie ihm etwas bedeutete, hatte sich fallenlassen in dieses Gefühl, von dem sie sicher gewesen war, dass er es erwiderte. Wahrscheinlich war das seine Masche, und sie konnte von Glück sagen, dass sie sein Netz aus Lügen gerade noch rechtzeitig aufgedeckt hatte.

Ein Teil von ihr wollte immer noch nicht glauben, dass er so ein Schuft war, und hielt trotzig an der Hoffnung fest, dass er das alles erklären konnte. Doch sie wusste selbst, wie viel wahrscheinlicher es war, dass die Wahrheit sie verletzen würde, deshalb zog sie die Schultern hoch und lief ziellos weiter.

Sie registrierte kaum, dass sie die Hauptstraße erreicht hatte, und blieb erst stehen, als sie plötzlich die Buden des Weihnachtsmarktes vor sich sah. Da, wo sonst die Verkäufer gestanden und ihre Waren angeboten hatten, waren jetzt die Verschläge hochgeklappt, und auch die vielen Lichter, die die Gassen zwischen den Buden so einladend und heimelig gemacht hatten, waren verloschen. Still und dunkel lag die Gasse da, und während Lilly sie eilig durchquerte, brannten erneut Tränen in ihren Augen.

Sie war so glücklich gewesen während der vergangenen Wochen, sie hatte jede Minute geliebt, die sie hier auf dem Markt hatte verbringen dürfen, und Tom hatte einen großen Anteil daran gehabt. Er war ihr immer wichtiger geworden, mit jedem Tag ein Stück mehr, und als er sie geküsst hatte, war etwas mit ihr passiert. Es hatte sich so unglaublich richtig angefühlt, mit ihm zusammen zu sein, so als wäre sie endlich angekommen an dem Ort, an den sie gehörte. Was völliger Unsinn war, wenn man bedachte, wie wenig sie sich kannten.

Ach, verdammt, dachte sie verzweifelt und wischte sich unwillig über die Augen. Dann runzelte sie die Stirn und verlangsamte ihre Schritte, als sie auf einem der Parkplätze am Rande des Marktplatzes den schwarzen Citroën entdeckte, den sie vorhin schon vor der Pension gesehen hatte.

Er stand da offenbar noch nicht lange, denn die Schneeschicht, die ihn bedeckte, war weniger dick als bei den anderen Wagen. Außerdem war die Frontscheibe frei, und Lilly erkannte, dass der weißblonde Mann hinter dem Steuer saß und sie beobachtete.

Zu jeder anderen Zeit wäre sie jetzt vermutlich hingegangen und hätte ihn gefragt, was er hier eigentlich wollte. Doch dafür war sie viel zu aufgewühlt. Deshalb lief sie auf den Kirchplatz, der auf der anderen Seite von der Hauptstraße abging. Die Fenster der Kirche waren hell erleuchtet, und die Christmette musste noch in vollem Gange sein, denn als Lilly näher kam, hörte sie die Klänge der Orgel, die nach draußen drangen. Sie erkannte das Lied, es war »Stille Nacht«, und es zog sie wie magisch an, ließ sie dicht an das Kirchenportal herantreten.

Es war ihr von allen Weihnachtsliedern schon immer das liebste gewesen, und sie schluckte schwer, während sie der sehnsuchtsvollen Melodie lauschte. Wie gerne hätte sie jetzt drinnen auf einer der Bänke gesessen, so wie in den Jahren zuvor, wenn sie Weihnachten bei Caroline verbracht hatte. Stattdessen hier draußen im Dunkeln zu stehen war schwer, und als sie die Augen schloss, spürte Lilly, wie ihr die Tränen, die sie nicht länger zurückhalten konnte, heiß über die Wangen liefen.

»Lilly?«

Sie fuhr herum, als sie ihren Namen hörte, und sah Tom durch den Schnee auf sie zulaufen. Kurz vor ihr blieb er stehen.

»Warum hast du nicht gewartet?«, fragte er, völlig außer Atem, weil er offenbar den ganzen Weg gerannt war. Sein Blick war eine Mischung aus Besorgnis und Verwunderung, was Lilly ziemlich unverschämt fand.

»Worauf denn? Du hattest ja was Besseres zu tun!«

»Lilly, es tut mir leid, aber ich …«

»Nein!«, unterbrach sie ihn und hob die Hand, weil sie nicht wollte, dass er weitersprach. »Schon gut. Es muss dir nicht leidtun. Das zwischen uns …«, sie schluckte, »war ein Fehler, und wir sollten das einfach vergessen.«

Er schüttelte den Kopf. »Das geht nicht«, sagte er und kam auf sie zu.

»Tom, bitte.« Lilly wich zurück, bis sie die kalte Steinwand der Kirche in ihrem Rücken spürte. »Ich kann das nicht, und ich will dich auch gar nicht, wenn du …«

Weiter kam sie nicht, denn Tom zog sie in seine Arme.

»Aber ich will dich«, sagte er und küsste sie.

18

Lilly wollte sich von ihm losmachen, doch anstatt ihn wegzuschieben, vergrub sie die Finger in seiner Jacke und erwiderte seinen Kuss. Er schmeckte vertraut, und sie hatte ihn so vermisst, dass neue Tränen über ihre Wangen liefen. Alle Gedanken waren für einen Moment aus ihrem Kopf gelöscht, und sie schmiegte sich an ihn, genoss es, dass er sie ganz fest hielt. Irgendwann setzte jedoch ihr Verstand wieder ein, und sie schaffte es, sich von ihm zu lösen und ihn ein Stück wegzuschieben.

»Wie kannst du so etwas sagen, wenn deine Freundin in der Pension in den Wehen liegt?«, stieß sie atemlos hervor. »Du müsstest bei ihr sein, anstatt mir durch den Schnee nachzulaufen. Ich habe das ernst gemeint, Tom, ich will dich nicht, wenn du eine andere …«

»Es gibt keine andere«, widersprach er und griff erneut nach ihr, zog sie wieder an sich. »Nur dich.«

Lilly versuchte, sich ihm wieder zu entziehen. »Ach ja? Und wer ist dann …«

»Pippa ist meine Schwester.«

Überrascht hielt Lilly inne.

»Deine Schwester«, wiederholte sie ungläubig und dachte an Pippa Finsburys dunkles Haar und die blauen Augen, die Toms so ähnelten. »Wirklich?«

Er nickte, und Lilly spürte eine Welle der Erleichterung in sich aufsteigen.

»Dann ist das Baby …«

»Meine Nichte. Es wird nämlich ein Mädchen«, bestätigte Tom. »Sie ist ein absolutes Wunschkind, aber sie hat einiges ganz schön durcheinandergebracht.«

Lilly runzelte die Stirn. »Wie meinst du das?«

Tom seufzte. »Meiner Schwester ging es am Anfang der Schwangerschaft sehr schlecht. Morgenübelkeit der schlimmsten Sorte. Sie lag deswegen sogar im Krankenhaus, und wir haben uns große Sorgen gemacht. Vor allem ihr Mann Leo hätte sie am liebsten nur noch in Watte gepackt. Er hat ihr alles abgenommen und wollte auf keinen Fall, dass sie wieder arbeiten geht. Aber davon wollte Pippa nichts wissen. Sie hatten deswegen ständig Diskussionen, und während ich weg war, wurde es immer schlimmer. Vorgestern hatten die beiden einen heftigen Streit, und danach ist Pippa einfach verschwunden. Leo war ganz aufgelöst, weil er sie nicht finden konnte. Ich musste sofort nach Hause, um ihm und meinem Vater zu helfen, nach ihr zu suchen.«

»Sie war verschwunden?«

Er nickte. »Ohne Handy und ohne ein Wort, wo sie hin ist. Wir haben gestern den ganzen Tag lang alle ihre

Freunde und Bekannten abgeklappert, aber sie war wie vom Erdboden verschluckt. Wir wussten nicht mehr, wo wir noch suchen sollten. Die einzige Möglichkeit, die mir noch einfiel, war die Pension. Außerdem wollte ich zurück zu dir, deshalb war ich schon auf dem Weg nach Barnbarrow, als Pippa sich vorhin endlich gemeldet hat. Offenbar ist sie zur Vernunft gekommen und wollte nicht, dass Leo die Geburt verpasst. Ich bin so schnell gefahren, wie ich bei dem Wetter konnte, und Leo und mein Vater sind auch schon unterwegs. Sie müssten gleich hier sein.«

Lilly war noch viel zu verwirrt, um ihm wirklich folgen zu können. »Sie hat dich angerufen?«

»Nein, sie hat Leo angerufen. Und der hat mir Bescheid gesagt«, stellte Tom richtig.

»Und wieso konnte er dich erreichen? Ich habe es bestimmt zwanzig Mal probiert, aber du bist nie drangegangen.«

Ein zerknirschter Ausdruck erschien auf seinem Gesicht. »Ich weiß. Aber es war alles so furchtbar hektisch, und ich wollte dir das nicht am Telefon erklären, sondern persönlich. Deshalb war ich schon auf dem Weg zurück, als Leos Anruf kam.« Er stieß die Luft aus. »Und als ich dann endlich die Gelegenheit gehabt hätte, mit dir zu sprechen, warst du plötzlich verschwunden.«

Lilly schüttelte den Kopf, weil sie kaum mitkam. »Tom, ich …«

»Nein, jetzt rede ich«, unterbrach er sie und nahm ihre Hände in seine. »Ich hab mich in dich verliebt,

Lilly, und zwar rettungslos. Du bist genau die Frau, nach der ich immer gesucht habe. Ich liebe deine Besonnenheit, deine Freundlichkeit und wie hinreißend du selbst dann bist, wenn du mich wütend anfunkelst. Ich liebe dein Lächeln und die Tatsache, dass du offenbar gar nicht weißt, wie sehr du die Leute damit verzaubern kannst. Mich hast du damit voll ins Herz getroffen, und ich möchte, dass wir zusammen sind. Ich wollte dir nicht wehtun. Das war nie meine Absicht, und ich hoffe, du gibst mir noch eine Chance. Ich halte es nämlich nicht aus, von dir getrennt zu sein.«

Lilly sah, dass sich die Sehnsucht, die sie empfand, auch in seinen Augen spiegelte. Und auf einmal war es ihr egal, dass er ihr in vielerlei Hinsicht noch ein Rätsel war. Das Wichtigste wusste sie, nämlich dass sie auch in ihn verliebt war und bei ihm sein wollte. Alles andere spielte keine Rolle, deshalb lächelte sie nur hilflos und schlang die Arme um seinen Hals.

»Ach, Tom«, sagte sie mit einem tiefen Seufzen, und als er sie diesmal küsste, hielt sie nichts mehr zurück von dem, was sie für ihn fühlte.

Erst nach einer Weile gab er sie wieder frei und lehnte seine Stirn an ihre. Ihre Blicke trafen sich, und Lilly strahlte ihn an, weil ihr Herz überlief vor Glück.

»Dann fahren wir jetzt also gemeinsam in deinem Lieferwagen durch England?«, fragte sie und wunderte sich über sich selbst, weil ihr diese Vorstellung sogar gefiel. So lange Tom bei ihr war, kam ihr jede Art von Leben sehr verlockend vor. Doch dann runzelte sie die

Stirn, als ihr der schwarze Range Rover wieder einfiel. »Oder hast du noch mehr Autos?«

Tom seufzte tief, und der zerknirschte Ausdruck trat zurück auf sein Gesicht.

»Das ist das, was ich dir noch erklären muss«, sagte er. »Eigentlich bin ich gar nicht …«

Er brach ab, als sie plötzlich von einem hellen Blitz geblendet wurden. Erschrocken fuhren sie herum und blickten wieder direkt in einen Blitz. Es folgten noch weitere, und Lilly begriff, dass sie jemand fotografierte. Sie blinzelte und erkannte, dass der weißblonde Mann an der Ecke der Kirche stand und mit einem großen Fotoapparat Bilder schoss.

»Verdammt!« Tom stürmte an ihr vorbei auf den Mann zu, der hastig seine Kamera und seine Tasche packte und vor ihm floh. Aber Tom war schneller und erwischte ihn an der Jacke, zwang ihn stehen zu bleiben.

Die beiden redeten mit gesenkten Stimmen miteinander, und Lilly bekam nur einzelne Fetzen ihres Gesprächs mit.

»… nicht heute …«

»… noch zurückhalten …«

»… mehr Infos, wenn …«

Lilly runzelte die Stirn, weil sie sich darauf keinen Reim machen konnte. Erst wirkte es, als würden sie sich streiten, doch dann schien Tom etwas zu sagen, das dem anderen Mann gefiel, denn seine Miene hellte sich sichtlich auf, und er nickte. Tom, der sich jetzt auch wieder entspannt hatte, deutete auf ein Magazin, das in der geöffneten Fototasche steckte. Der Mann gab es ihm, dann blickte er zu Lilly herüber und winkte ihr.

»Alles Gute für Sie beide! Und frohe Weihnachten!«, rief er fröhlich, packte die Kamera weg und ging, während Tom zu Lilly zurückkehrte.

»Wer war das?«, fragte sie, immer noch verwirrt. »Und wieso hat er Fotos von uns gemacht?«

»Weil das sein Job ist«, erklärte Tom. »Er ist freier Fotograf. Und ein verdammter Workaholic dazu, wenn er nicht mal an Weihnachten etwas Besseres zu tun hat, als hier herumzulungern.« Er gab sich keine Mühe, seinen Ärger zu verstecken. »Offenbar hat er mich in dem Bericht über die Santa-Claus-Wahl erkannt, der in den Lokalnachrichten gelaufen ist. Dabei habe ich extra die ganze Zeit diesen dämlichen Bart getragen.« Er schüttelte den Kopf. »Die Bilder, wegen denen er gekommen ist, hat er jetzt, aber ich habe einen Deal mit ihm geschlossen. Er kriegt die Story dazu exklusiv, wenn er sie bis nach den Feiertagen zurückhält und uns heute Abend in Ruhe lässt. Darauf ist er zum Glück eingegangen.«

Lilly verstand nur Bahnhof. »Und wozu braucht er Bilder von uns?«

Tom seufzte. »Um sie an die Klatschpresse zu verkaufen. Davon lebt er.«

»Der Kerl ist … ein Papparazzo?« Sie runzelte die Stirn, als Tom nickte. »Soll das heißen, du bist prominent oder so?«

»Oder so«, sagte er mit einem schiefen Lächeln, aber Lilly fand das nicht komisch.

»Dann bist du gar nicht Tom Lewis?«

Statt einer Antwort reichte er Lilly die Broschüre, die er bis jetzt in der Hand gehalten hatte, und sie starrte irritiert auf den Titel.

Es war ein Hochglanzprospekt von Rossington Estate. Der Herrensitz lag in Yorkshire und war ziemlich bekannt. Lilly war mal als Kind dort gewesen, zusammen mit ihren Eltern. Das Anwesen galt als ein architektonisches Juwel und zog deshalb viele Besucher an. Außerdem war der Besitzer, der Duke of Pembroke, mit der königlichen Familie verwandt, recht nah sogar, denn …

»Moment mal!« Lilly starrte auf ein Foto, das den Duke im Kreise seiner Familie zeigte, dann blickte sie wieder zu Tom. »Das bist du!«, sagte sie, ziemlich fassungslos, und zeigte auf den Mann neben dem Duke. Es war ein älteres Foto, aber es war eindeutig Tom. »Du bist …«, sie las die Bildunterschrift, »… Lord Rossington?«

Tom nickte. »Mein vollständiger Name lautet Thomas Maxwell Lewis, Lord Rossington. Meiner Familie gehört Rossington Estate, und als einziger Sohn und zukünftiger Duke of Pembroke leite ich die Geschäfte.« Er seufzte. »Ich tue das gerne, aber es ist beizeiten auch ein ziemlicher Knochenjob. Über das Jahr kommen rund eine halbe Million Besucher zu uns, und wir hatten gerade in den letzten Jahren einige größere Umbauten und Renovierungen. Außerdem bewirtschaften wir die Ländereien, was bei der momentanen Wirtschaftslage nicht einfach ist. Deshalb war ich ziemlich urlaubsreif, und da es im Winter immer ein bisschen ruhiger ist, habe ich die Chance genutzt und mir mal eine Auszeit genommen.«

Lilly war für einen Moment wie vor den Kopf geschlagen. Deshalb war er ihr bekannt vorgekommen. Wenn sein Bild häufig in irgendwelchen Zeitschriften auftauchte, dann hatte sie vermutlich schon mal eines davon gesehen und abgespeichert, ohne dass es ihr bewusst war.

Alles ergab plötzlich einen Sinn. Sie dachte daran, wie selbstverständlich er den Aufbau des Weihnachtsmarktes gemanagt hatte. Kein Wunder, dass er das gut konnte, wenn er sonst ein großes Anwesen führte. Und dazu das schicke Auto, die gepflegten Klamotten. Das hier war der echte Tom. Ein Lord mit Grundbesitz. Kein armer Musiker in einem zerbeulten Wagen.

»Warum hast du gelogen?«

Er hob die Schultern. »Ich habe nicht gelogen. Ich bin Tom Lewis, der Lieferwagen gehört zu unserem Anwesen, und ich war, bevor ich hergekommen bin, eine Weile damit unterwegs. Ich habe nur den Rest weggelassen. Weil es einfacher war. Ich brauchte wirklich Erholung und hatte keine Lust, die ganze Zeit von einer Meute Papparazzi verfolgt zu werden. Wie du gesehen hast, kann das nämlich passieren, wenn ich nicht inkognito bin. Und auf einen Typen mit einem verbeulten Wagen und abgetragenen Sachen achten sie nicht so.«

Lilly sah wieder in die Broschüre. »Hier steht, dass dein Vater der Sechzehnte in der Thronfolge ist.«

»Und ich bin der Siebzehnte – und unverheiratet«, bestätigte Tom und verdrehte genervt die Augen. »Deshalb bin ich leider nicht nur für die Regenbogenpresse interessant, sondern auch für …«, er suchte nach den richtigen Worten, »… heiratswillige Damen, die an mir vor allem meinen Adelstitel und mein Vermögen interessant finden.«

Trotz ihrer Überraschung über all diese Enthüllungen musste Lilly schmunzeln. Dass er bei der Damenwelt sehr beliebt war, glaubte sie sofort. Aber auf den Gedanken, dass das an seinem guten Aussehen und seinem Charme liegen könnte, schien er gar nicht zu kommen.

»Deshalb die Maskerade?«, fragte sie. »Um der Damenwelt zu entfliehen?«

»Nein, um allem eine Weile zu entfliehen.« Tom zuckte mit den Schultern. »Ich wollte einfach meine Ruhe haben, und so konnte ich dafür sorgen. Außerdem hatte es etwas Reizvolles, mal nur ich selbst zu sein. Kleider machen Leute, weißt du, und Adelstitel erst recht. Man wird anders wahrgenommen, wenn man der zukünftige Duke of Pembroke ist. Tom Lewis, der arme Musiker, dagegen …«

Er ließ den Satz unbeendet, und Lilly musste daran denken, wie sie am Anfang auf ihn reagiert hatte. Plötzlich fühlte sie sich ertappt, weil sie in dieser Hinsicht auch nicht ohne Vorurteile gewesen war. Dennoch …

»Du hättest es mir sagen müssen.«

»Das wollte ich ja. Wirklich. Aber nachdem du am Anfang so misstrauisch warst, wusste ich nicht, wie du reagieren würdest, wenn du erfährst, dass ich tatsächlich nicht der bin, für den du mich gehalten hast. Ich hatte Angst, das zwischen uns kaputt zu machen. Deshalb habe ich es immer wieder aufgeschoben.« Er stieß die Luft aus, und in seinem Blick lag Unsicherheit. »Kannst du mir verzeihen?«

Lilly wollte ihm antworten, aber in diesem Moment öffnete sich das Kirchenportal. Helles Licht fiel auf den Schnee, während die Leute aus der Kirche strömten, und der Klang der Orgel, die einen Weihnachtschoral spielte, erfüllte die Nacht. Einige Bekannte entdeckten Lilly und Tom und kamen zu ihnen herüber, darunter Tilda Parker und Jemima Olsen.

»Fröhliche Weihnachten!«, wünschte Jemima ihnen mit dem für sie typischen beseelten Lächeln, und diesmal entdeckte Lilly in ihren Augen keine Missgunst. Offenbar hatte sie sich mit dem Gedanken abgefunden, dass das Schicksal keinen gemeinsamen Weg für sie und Tom vorsah.

Tilda beließ es nicht bei einem Händedrück, sondern umarmte Lilly herzlich.

»Ich denke so gerne an den Weihnachtsmarkt«, sagte sie strahlend. »Ich hoffe, das können wir nächstes Jahr wiederholen.« Sie nickte Tom zu. »Und Sie müssen auch kommen. Sie beide sind so ein tolles Team.«

Lilly suchte Toms Blick, wurde jedoch von einem

lauten Hupen abgelenkt, das hinter ihnen ertönte. Eine silberne Limousine hatte am Straßenrand angehalten, und der blonde Mann, der am Steuer saß, kurbelte das Fenster herunter.

»Tom!« Sein Ruf hallte bis zu ihnen herüber, und er winkte hektisch.

»Das ist mein Schwager«, erklärte Tom, griff nach Lillys Hand und zog sie mit sich zu dem Auto hinüber. Im Näherkommen sah Lilly, dass es ein sehr schicker, neuer Jaguar war.

»Ich dachte, du bist bei Pippa!« Der blonde Mann – Leo hieß er, wenn Lilly das richtig in Erinnerung hatte – blickte Tom vorwurfsvoll an. »Wo ist sie?«

Tom öffnete die hintere Tür und ließ Lilly den Vortritt beim Einsteigen. »Sie ist in der Pension. Da vorne die Straße rauf«, erklärte er, während auch er auf dem mit weichem Leder bezogenen Rücksitz Platz nahm.

Leo fuhr sofort und so schnell wieder an, dass die Räder im Schnee durchdrehten. Dann schoss der Wagen über die Straße.

Erst jetzt bemerkte Lilly den älteren Mann, der auf dem Beifahrersitz saß. Er hatte graumeliertes Haar, und als er sich zu ihr umdrehte, hatte sie das Gefühl, in Toms Augen zu blicken.

»Guten Abend, ich bin Henry Lewis«, begrüßte er sie, aber Lilly hätte auch so gewusst, dass sie den Duke of Pembroke vor sich hatte.

»Lilly Holmes«, stellte sie sich vor.

»Das habe ich mir gedacht«, meinte der Duke lächelnd. »Mein Sohn hat mir schon viel von Ihnen erzählt.«

Lilly sah Tom an, doch er gab Leo gerade die Anweisung, auf den Hof des »King's Arms« zu biegen. Der silberne Jaguar kam neben dem schwarzen Range Rover zum Stehen, und Leo sprang sofort aus dem Wagen und stürmte zum Eingang. Die anderen folgten ihm.

»Pippa?«, brüllte Leo und sah sich hektisch im leeren Empfangsraum um. Im Licht der Deckenlampe erkannte Lilly, wie blass er war. Offenbar machte er sich große Sorgen um seine Frau und rannte sofort die Treppe rauf, als sie ihm von oben antwortete.

Fast im selben Moment öffnete sich die Tür zu Carolines Wohnbereich, und Caroline kam herausgehumpelt.

»Lilly!«, rief sie überrascht. »Wo warst du denn? Das Kind kommt jeden Moment. Emma ist bei Mary, und wir sollen …« Sie hielt mitten im Satz inne, und ein fassungsloser Ausdruck erschien auf ihrem Gesicht.

»Henry?«, fragte sie dann, sichtlich schockiert, und starrte den Duke an.

19

Caroline.« Auch der Duke wirkte erschüttert.

»Ihr kennt euch?« Irritiert blickte Lilly zwischen ihrer Tante und Toms Vater hin und her. Tom hingegen wirkte nicht überrascht, sondern eher zufrieden.

Caroline erwachte erst jetzt aus ihrer Erstarrung und richtete sich ein bisschen gerader auf.

»Wir kannten uns einmal«, sagte sie, und in ihrem schmalen Lächeln lag Wehmut, als sie hinzufügte: »Vor einer Ewigkeit.«

»Caroline, ich …«, setzte der Duke an, doch sie unterbrach ihn.

»Warum kommt ihr nicht erst mal rein? Da oben können wir jetzt sowieso nicht helfen, und es ist Heiligabend, also müssen wir wirklich nicht hier im Empfangsraum stehen. Gehen wir doch in mein Wohnzimmer, da ist es sehr viel gemütlicher.«

Sie lächelte auf diese warme Art, die so typisch für sie war, und nur Lilly, die sie sehr gut kannte, sah die Unsicherheit in ihrem Blick.

Der Duke nickte und ging durch die Tür hinter dem Empfangstresen, doch als Lilly ihm folgen wollte, hielt Caroline sie auf.

»Würdest du einen Tee für uns kochen, Liebes?«

»Ich helfe dir«, verkündete Tom, als Lilly nickte, und begleitete sie in die Küche.

»Du wusstest, dass die beiden sich kennen.« Sie formulierte es nicht als Frage, weil es offensichtlich war, und blickte Tom mit einer Mischung aus Verwunderung und Wut an, wartete – schon wieder – auf eine Erklärung.

Er zuckte mit den Schultern. »Du weißt es eigentlich auch. Erinnerst du dich an die Geschichte, die du mir erzählt hast, als wir vom ›Coach Pub‹ zurück zur Pension gegangen sind? Darüber, wie Caroline auf die Idee zu dem Weihnachtsmarkt gekommen ist?«

Lilly dachte zurück an diesen Abend. »Ja, natürlich.« Und dann begriff sie endlich. »Dann war das dein Vater? Der Mann, den Caroline damals auf dem Nürnberger Christkindlesmarkt kennengelernt hat?« Sie dachte daran, wie traurig Caroline gewesen war, als sie ihr das erste Mal davon erzählt hatte. Es war über dreißig Jahre her, und selbst wenn die Zeit Wunden heilte, hatte man ihr angemerkt, dass ihr die Geschichte immer noch nahging. »Er hat ihr das Herz gebrochen, weil er einfach verschwunden ist. Sie hat lange gebraucht, bis sie über ihn hinweg war.«

»Meinem Vater ging es nicht anders.« Tom hatte den Wasserkocher befüllt und bereitete die Teekanne vor, weil Lilly für ihren Auftrag jetzt keinen Kopf hatte. »Er war auch sehr verliebt in deine Tante, und als er wieder in England war, wollte er die Beziehung zu seiner damaligen Freundin beenden. Doch dann erfuhr er, dass sie ein Kind von ihm erwartete, und tat das, was er für das einzig Richtige hielt: Er heiratete sie und brach den Kontakt zu Caroline ab. Aber vergessen hat er sie nie.«

Lilly starrte Tom an und dachte an das, was er ihr über seine Eltern erzählt hatte. »Diese andere Frau war deine Mutter?«

»Genau«, bestätigte Tom mit einem schiefen Lächeln. »Die beiden blieben einige Jahre zusammen. Sie haben noch Pippa bekommen, und für eine Weile war es gut. Aber ich schätze, meine Mutter wusste immer, dass mein Vater sie nicht wirklich geliebt hat.«

Betroffen sah Lilly ihn an. Dass seine Geschichte so direkt mit der Geschichte ihrer Tante zusammenhängen könnte, darauf wäre sie niemals gekommen.

»Wie lange weißt du das alles schon?«

»Noch nicht lange. Dad hat zwar oft über den Christkindlesmarkt in Nürnberg gesprochen und wie schön er seinen Besuch dort fand. Aber erst vor ein paar Monaten hat er mir gestanden, dass er eigentlich immer noch an die Frau denkt, die er damals kennengelernt hat, und dass er gerne wüsste, was aus ihr geworden ist. Also habe ich mit den wenigen Informationen, die ich hatte, heimlich eine Suche gestartet und bin auf deine Tante gestoßen. Und da ich sowieso vorhatte, ein bisschen durch die Gegend zu fahren, dachte ich, ich schaue einfach mal in ihrer Pension vorbei. Den Rest der Geschichte kennst du.«

»Den Rest der Geschichte kenne ich *jetzt*. Endlich.« Lilly betrachtete Tom verunsichert. »Dann war das so etwas wie ein Test, ja? Du wolltest dir hier alles ansehen und dann entscheiden, ob es sich lohnt, deinen Vater wieder mit meiner Tante zusammenzubringen?«

»Ich wollte ihm eine Enttäuschung ersparen, schließlich war ich nicht mal sicher, ob deine Tante überhaupt die richtige Caroline ist«, stellte Tom richtig. »Der Plan war, es herauszufinden und erst mal wieder zu fahren. Ich wollte nach meiner Rückkehr mit meinem Vater sprechen und es ihm überlassen, ob er noch mal Kontakt zu Caroline aufnehmen will. Aber dann bist du mir auf dem Hof in die Arme gefallen und hast alle meine Pläne über den Haufen geworfen.« Sein Lächeln war entwaffnend, aber Lilly wollte ihm nicht sofort vergeben. Deshalb deutete sie auf das Tablett.

»Wir sollten den beiden den Tee bringen«, meinte sie und fügte warnend hinzu: »Wenn ich du wäre, würde ich mich auf etwas gefasst machen. Meine Tante ist bestimmt ziemlich wütend auf dich.«

Doch als sie kurze Zeit später das kleine Wohnzimmer betraten, strahlte Caroline über das ganze Gesicht – und auch der Duke, der ihr gegenübersaß, wirkte gelöst.

»Das ist ja wirklich ein Ding«, sagte sie, immer noch sichtlich überwältigt, aber offenbar nicht unzufrieden über dieses Wiedersehen. »Ich habe gerade in letzter Zeit oft an meine Zeit in Nürnberg denken müssen.«

»Ich auch«, bestätigte der Duke. »Aber ich dachte, du hättest mich längst vergessen.«

Ein Lächeln erschien auf Carolines Lippen, während sie langsam den Kopf schüttelte. »Oh nein«, sagte sie, und Lilly schluckte, als sie das Glitzern in den Augen ihrer Tante sah.

Für einen Moment schwiegen sie alle, dann richtete Caroline den Blick auf Tom, und ihre Miene verdüsterte sich.

»Mit dir habe ich allerdings noch ein Hühnchen zu rupfen, mein Freund«, schimpfte sie. »Uns derart an der Nase herumzuführen! Wie lange wolltest du eigentlich noch warten, bevor du uns erzählst, weswegen du eigentlich gekommen bist?«

»Ich bin deswegen gekommen, aber ich bin nicht deswegen geblieben«, erwiderte Tom, und Lillys Herz schlug schneller, als er sie ansah.

Die Tür wurde aufgestoßen, und Emma stürmte mit geröteten Wangen herein. »Es ist da!«, rief sie aufgeregt. »Das Baby ist da! Es ist ein Mädchen!«

»Und meine Tochter? Geht es ihr gut?«, wollte der Duke aufgeregt wissen. Emma, die ihn jetzt erst bemerkte, hielt irritiert inne und starrte ihn an.

»Emma, darf ich vorstellen, das ist Toms Vater Henry Lewis, der Duke of Pembroke«, erklärte Caroline. »Und das ist meine Tochter Emma.«

Emma und der Duke schüttelten sich die Hände, und Lilly konnte ihrer Cousine ihre Verwirrung ansehen, während sie noch einmal bestätigen musste, dass mit Mutter und Kind alles in Ordnung war.

»Der Duke of Pembroke?«, zischte sie Lilly einen Moment später zu, aber Lilly grinste nur.

»Lange Geschichte«, flüsterte sie zurück.

»Ich glaube, jetzt brauchen wir etwas Stärkeres als Tee. Schließlich gibt es etwas zu feiern«, verkündete Caroline und bat Lilly und Emma, Sekt und genügend Gläser zu holen.

Ein paar Minuten später wollten sie gerade darauf anstoßen, dass bei der Geburt alles gut gegangen war, als Leo hereinkam. Die Sorge, die vorher in seinem Gesicht gelegen hatte, war einem seligen Lächeln gewichen, und er blickte ganz verliebt auf das in eine weiße Wolldecke gehüllte Baby auf seinem Arm.

»Darf ich vorstellen: unsere Tochter«, sagte er voller Stolz und zeigte ihnen das rosige Neugeborene, das fest schlief.

»Wie geht es Pippa?«, fragte Tom besorgt.

»Erschöpft, aber glücklich.« Leo grinste. »Ich soll Henry und dir ausrichten, dass es ihr leidtut, dass sie uns alle so in Aufregung versetzt hat. Aber das spielt jetzt sowieso keine Rolle mehr.« Er blickte auf das Kind auf seinem Arm. »Ist sie nicht wunderschön?«

»Hat sie schon einen Namen?«, fragte Caroline.

Leo nickte. »Mary. Sie wird Mary heißen, nach ihrer wunderbaren Hebamme, die sie sicher auf die Welt geholt hat. Und außerdem fanden Pippa und ich ihn passend für ein kleines Christkind.«

Lilly lächelte und sah in den Gesichtern der anderen, dass sie wie sie erleichtert darüber waren, dass dieser dramatische Abend damit ein wirklich gutes Ende gefunden hatte.

»Was für ein Weihnachten!«, seufzte Caroline ein paar Minuten später, als Tom und der Duke zusammen mit Leo zu Pippa nach oben gegangen waren. »Ein bisschen turbulenter als geplant, aber in einem hatte ich recht: An dieses Fest werden wir sicher noch lange zurückdenken.«

»Und was ist mit diesem Henry?« Emma war immer noch verwirrt darüber, wie das alles zusammenhing. »Wieso ist er nach all den Jahren plötzlich wieder hier?«

Caroline zuckte mit den Schultern. »Wahrscheinlich aus dem gleichen Grund, aus dem ich unbedingt einen deutschen Weihnachtsmarkt in Barnbarrow veranstalten wollte. Es gibt Erinnerungen, an denen hält man fest, auch wenn das Leben weitergeht. Und je älter man wird, desto öfter fragt man sich, was gewesen wäre, wenn die Dinge anders gekommen wären.« Sie lächelte, als sie Emmas nachdenkliches Gesicht sah. »Keine Sorge, meine Süße. Ich war sehr glücklich mit deinem Vater. Es gibt nichts, was ich bereue. Aber ich bin trotzdem froh, dass ich jetzt weiß, warum Henry damals nichts mehr von sich hat hören lassen. Seine Entscheidung war richtig, er konnte gar nicht anders. Es sollte einfach nicht sein. Aber jetzt …« Sie zuckte mit den Schultern. »Wer weiß, vielleicht haben wir noch einmal die Chance, uns näher kennenzulernen. Wenn er einen Sohn wie Tom hat, dann kann er kein schlechter Kerl sein, oder?«

Wie aufs Stichwort kehrten die Männer in diesem Moment zurück.

»Also, ich weiß ja nicht, wie ihr das seht, aber ich verhungere gleich«, meinte Caroline. »Wie wäre es, wenn wir uns endlich dem Essen widmen, das Lilly vorbereitet hat?«

Die Idee traf auf begeisterte Zustimmung, und auch dafür, dass sie jetzt sehr viel mehr Leute waren als ursprünglich gedacht, hatte Caroline eine Lösung.

»Wir tauen noch etwas von dem Stew auf, das ich letzte Woche eingefroren habe, dann müsste es für alle reichen«, schlug sie vor, und kurze Zeit später waren sie damit beschäftigt, im Speisezimmer eine lange Tafel herzurichten, an der sie alle Platz hatten.

Tom wirkte jedoch abgelenkt, und als er die Gelegenheit hatte, nahm er Lilly zur Seite.

»Kommst du mal kurz?«, bat er und griff nach ihrer Hand, ging mit ihr in den Empfangsraum, wo sie allein waren.

»Ich weiß, das war alles ein bisschen viel, und ich wünschte wirklich, es wäre etwas weniger dramatisch abgelaufen. Aber ich muss es wissen, Lilly.« Er holte tief Luft. »Kannst du dir vorstellen, mit mir zusammen zu sein – jetzt, wo du weißt, wer ich bin?«

In seinen Augen lag ein unsicherer Ausdruck, und Lillys Herz flog ihm zu. Trotzdem fand sie, dass er für die quälenden Stunden der Ungewissheit, die sie seinetwegen gehabt hatte, ein bisschen leiden musste. Deshalb schürzte sie die Lippen und kniff die Augen zusammen.

»Ich weiß nicht. Ich mochte den armen Musiker schon sehr.«

»Und was ist mit dem zukünftigen Duke of Pembroke?« Er legte die Arme um sie. »Würdest du den auch nehmen?«

Lilly zuckte mit den Schultern. »Der zukünftige Duke of Pembroke nimmt es leider mit der Wahrheit nicht so genau. Deshalb bin ich mir da nicht sicher.«

»Und wenn er verspricht, von jetzt an die Wahrheit zu sagen und nichts als die Wahrheit?«

»Hm«, meinte Lilly und legte die Hände auf seine Brust, schob sie nach oben, verschränkte sie in seinem Nacken. »Dann könnte ich, glaube ich, darüber nachdenken.«

Ein erleichtertes Lächeln erschien auf Toms Gesicht.

»Das ist gut.« Seine Lippen näherten sich ihren. »Und weißt du, was noch gut ist?«

»Was denn?«, fragte sie atemlos.

»Dass wir schon wieder unter dem Mistelzweig stehen.«

Lilly brauchte nicht nach oben zu sehen, um zu wissen, dass er Recht hatte, und sie wollte es auch nicht. Weil sie viel lieber seinen Kuss erwiderte.

Epilog

»Das ist es?« Wie gebannt starrte Lilly auf das Herrenhaus mit den zwei Seitenflügeln, den unterschiedlich hohen Türmen und dem großen, von Säulen gesäumten Eingangsportal, auf das sie zufuhren. Rossington Estate wirkte aus der Nähe noch viel majestätischer als auf den Bildern. Die sandsteinfarbene Fassade hob sich hell vor dem Waldstück ab, vor dem das Haus stand, und der weitläufige, verschneite Park unterstrich die Schönheit des Anwesens. Kein Wunder, dass die Besucher sogar aus Europa und Übersee hierherkamen – der Landsitz gehörte in der Tat zu den architektonischen Perlen Englands und verdiente die Aufmerksamkeit.

»Gefällt es dir?« Tom lächelte, als sie begeistert nickte. »Ich kann es dir zeigen, wenn du willst.«

Lilly schüttelte den Kopf. »Später«, meinte sie. »Zuerst will ich dein Haus sehen.«

Es hatte sie überrascht, dass Tom nicht im Herrenhaus lebte. Nur der Duke wohnte dort noch im Südflügel, in dem die Privaträume der Familie lagen und der für die Öffentlichkeit nicht zugänglich war. Tom dagegen hatte sich eines der ehemaligen Stallgebäude nach seinen Vorstellungen umbauen lassen. Es lag ein Stück abseits von Rossington Estate im Park, und Lilly spürte, wie ihr Herz schneller schlug, als Tom den Range Rover davor parkte. Er hatte ihr das Haus beschrieben, aber es mit eigenen Augen zu sehen übertraf ihre kühnsten Erwartungen.

Der langgezogene, zweistöckige Bau erinnerte nur entfernt an seinen ursprünglichen Verwendungszweck, denn er war durch diverse Anbauten erweitert worden. Mauerwerk und Holzelemente waren aufwendig restauriert, und durch die in den alten Torbogen eingelassene Haustür und die großen Sprossenfenster entstand eine reizvolle Mischung aus Alt und Neu, die Lilly sofort gefiel.

Sie folgte Tom ins Haus und stellte erfreut fest, dass die Einrichtung das einladende Äußere spiegelte. Die Räume waren großzügig und offen gestaltet, mit viel Holz und hellen Farben, genauso, wie sie selbst es so schätzte.

»Hattest du es dir so vorgestellt?«, fragte Tom, nachdem sie sich das gesamte Haus mit ihm zusammen angesehen hatte.

Lilly ließ sich mit einem zufriedenen Seufzen auf eines der breiten wollweißen Sofas sinken, die das Herzstück des Wohnzimmers bildeten.

»Nein«, sagte sie voller Inbrunst und lächelte zu

Tom auf, der sie überrascht ansah. »Es ist viel schöner, als ich dachte.«

Aber seit sie mit Tom zusammen war, galt das ohnehin für jeden Tag. Sie waren auch nach Weihnachten bei Caroline geblieben und hatten dabei geholfen, den Markt abzubauen. Lillys Eltern waren über Silvester gekommen und hatten sehr positiv auf Tom reagiert. Sie schienen froh darüber zu sein, dass Lillys Beziehung zu Phil beendet war. Emma und Rob hatten den Jahreswechsel ebenfalls in Barnbarrow verbracht, genau wie der Duke, den Caroline eingeladen hatte, und es war ein ausgelassenes und sehr entspanntes Fest gewesen.

In den Tagen danach hatte Tom seine »Auszeit« noch ein bisschen verlängert, und sie waren zu zweit herumgefahren, hatten gemeinsam den Lake District und den Süden von Schottland erkundet. Doch jetzt wurde es für Tom Zeit, seine Arbeit wieder aufzunehmen, deshalb waren sie nach Yorkshire zurückgekehrt.

Lilly hatte ein bisschen Sorge gehabt, wie es sein würde, ihn auf Rossington Estate zu erleben. Aber nun war sie sicher, dass sich nichts ändern würde, auch wenn sie sich immer noch an den Gedanken gewöhnen musste, dass er tatsächlich ein waschechter Lord mit Herrenhaus war. Lächelnd schüttelte sie den Kopf.

»Ein Glück, dass ich keine Ahnung hatte, wer du wirklich bist, als wir uns begegnet sind. Wahrscheinlich hätte ich mich sonst gar nicht getraut, überhaupt mit dir zu reden.«

Er setzte sich neben sie und legte den Arm um ihre Schultern. »Du weißt, wer ich wirklich bin – du wusstest es immer«, sagte er, und Lilly schluckte, als sie den liebevollen Ausdruck in seinen Augen sah. »Weißt du, was es für ein Gefühl war, dieses Leuchten in deinen Augen zu sehen und zu wissen, dass es nur mir galt und nicht meinem Titel oder meinem Besitz?«

»Es gilt immer noch dir«, erwiderte Lilly. »Und ich glaube nicht, dass die Frauen alle so blind waren, dass sie nicht sehen konnten, was für ein Mann du bist«, fügte sie amüsiert hinzu. »Kein Wunder, dass sie dir reihenweise nachgelaufen sind.«

»Nachgelaufen vielleicht, aber wer weiß, ob sie geblieben wären.« Tom wurde ernst und stand auf, ging zum Fenster und blickte hinaus. Dann wandte er sich wieder zu ihr um. »Lilly, ich weiß, Rossington Estate wirkt auf den ersten Blick beeindruckend. Aber es ist auch eine Bürde, die ich nicht loswerde und die fast meine gesamte Zeit beansprucht. So glamourös, wie die Presse mein Leben gerne darstellt, ist es in Wirklichkeit nicht.«

Lilly lächelte. »Willst du mich vergraulen?«

Tom schüttelte den Kopf. »Ich will nur nicht, dass du enttäuscht bist.«

In seinen Augen lag immer noch Sorge, deshalb stand sie auf und ging zu ihm, schlang die Arme um ihn.

»Tom, ich liebe dich. Und ich glaube, ich weiß ganz gut, worauf ich mich einlasse. Tatsächlich habe ich sogar schon sehr konkrete Vorstellungen davon, wie ich dich unterstützen kann. Ich möchte weiter als Veranstaltungsmanagerin arbeiten, und das ginge auch hier, wenn du willst. Rossington Estate braucht ja vielleicht jemanden wie mich.«

»Nicht nur Rossington Estate«, erwiderte Tom und wollte sie küssen. Doch Lilly legte einen Finger an seine Lippen.

»Ich bin ganz sicher, dass ich mich hier wohlfühlen werde, Tom. Aber ich hätte dich auch genommen, wenn du wirklich ein mittelloser Musiker gewesen wärst. Und darauf kannst du dir wirklich etwas einbilden.«

»Ich weiß«, meinte Tom, und Lilly hielt ihn nicht mehr auf, sondern erwiderte seinen Kuss hingebungsvoll.

Es fühlte sich immer noch richtig an, genau wie damals, als sie ihn unter dem Mistelzweig zum ersten Mal geküsst hatte. Er gab ihr Sicherheit, bei ihm hatte sie sich schon geborgen gefühlt, als sie noch nichts über seinen Hintergrund und seine Geschichte gewusst hatte. Und das war es, worauf es ankam, das, was am Ende wirklich zählte.

»Weißt du, was komisch ist?«, meinte sie und lehnte den Kopf an seine Schulter. »Ich war noch nie hier, aber irgendwie kommt mir trotzdem alles vertraut vor. Verrückt, oder?«

Tom schüttelte den Kopf. »Nein, gar nicht. Du hast hier gefehlt, Lilly. Du hast mir gefehlt. Ich dachte, ich hätte kein Ziel, als ich losgefahren bin, aber tatsächlich war ich die ganze Zeit auf der Suche. Ich wusste allerdings erst, als ich dich getroffen habe, dass ich angekommen bin.« Er seufzte tief. »Deswegen musste ich in Barnbarrow bleiben, und deshalb wollte ich dir die Wahrheit nicht sagen. Weil ich Angst hatte, dass ich dich dann wieder verliere.«

»So schnell wirst du mich nicht mehr los«, erwiderte Lilly lächelnd. »Schließlich steht laut der *Sun* unser Hochzeitstermin bereits fest.«

Die Artikel, die nach Weihnachten über sie in der Klatschpresse erschienen waren, bezogen sich alle auf die wenigen Informationen, die Tom dem Fotografen gegeben hatte, der ihnen an Heiligabend gefolgt war. Und inzwischen schien die Story auch schon nicht mehr so interessant zu sein. Aber Lilly verstand jetzt, wieso Tom oft genervt davon war, durch seinen Titel in der Öffentlichkeit zu stehen.

»Ich hatte dich gewarnt. Diese Leute wissen immer alles besser und vor allem eher als wir selbst.« Tom zog sie noch ein bisschen fester an sich. »In einem Punkt haben sie allerdings recht: Lord Rossington ist vergeben«, fügte er hinzu, und als er sie erneut küsste, schmiegte Lilly sich glücklich in seine Arme.

Bis Weihnachten muss der Mann fürs Leben her

Jenny Stallard
EIN ZIMTSTERN MACHT NOCH KEINE WEIHNACHT
Roman
Aus dem Englischen von Angela Koonen
384 Seiten
ISBN 978-3-404-17598-7

Es ist schon schwer genug, Single zu sein, wenn man nicht Datingspezialistin eines Internetmagazins ist. Journalistin Genie ist beides – und hat gerade die härteste Deadline ihres Lebens gesetzt bekommen: Entweder sie hat bis Weihnachten einen Freund. Oder sie verliert ihren Job. Notgedrungen testet Genie am eigenen Leib, worüber sie sonst nur schreibt: Internetdating, Blinddates, Dating-Partys, Speeddating. Doch als die Weihnachtstage nahen, muss sie sich fragen, ob sie bei all den Dates und One-Night-Stands nicht etwas Wichtiges übersehen hat ...

Bastei Lübbe

Ein Hauch von Plätzchenduft liegt in der Luft ...

Ira Severin
LEBKUCHENKÜSSE
Roman
256 Seiten
ISBN 978-3-431-03931-3

Was kann es Schlimmeres geben als Weihnachten? Nicht viel, glaubt Laura und fährt deswegen zur Adventszeit immer weit, weit weg von dem ganzen rührseligen Tamtam. Aber dieses Jahr wird alles anders: Sie muss ihre Mutter vertreten, die auf der verschneiten Schwäbischen Alb ein Café führt. Umgeben von Lebkuchen, Mistelzweigen und Pulverschnee wird Laura plötzlich doch warm ums Herz. Allerdings könnte das auch an Niklas liegen, dem ortsansässigen Hotelier mit einer Schwäche für Weihnachten – und für Laura ...

Bastei Lübbe